허영만의
커피한잔
할까요?

허영만의

커피 한잔
할까요?

5

허영만 글, 그림 | **이호준** 글

위즈덤하우스

박석
2대커피의 주인.
강고비에게 커피는 물론
사람의 마음을 헤아리는 법까지
가르치고 있다.

강고비
2대커피의 바리스타.
열정만으로 시작했던
커피에 대해
깊이 알아가는 중이다.

김선생
박석의 여친.

만화가 미나
이제나저제나
뜨기만을 염원하는
3류 만화가.

평론가 초이허트
카페의 운명을 좌지우지할
만한 커피 평론가.

2대커피 단골 정가원
꿈을 위해 대학 진학을
포기하고 유학을 준비하는
고등학생.
강고비를 짝사랑 하는 중.

차례

31화

로부스타

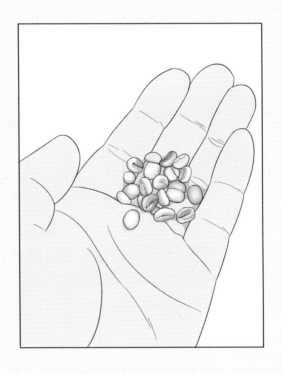

나의 의지와 상관없이 타인에 기대어 내 존재를 유지하는 것만큼 비참한 것도 없다. 아마도 선배는 그 상처를 추스르기 위해 이사를 선택했을 것이다. 그 선배가 얼마 전 내게 전화를 했다. 선배의 첫마디는 이랬다.

"나 복귀하고 싶다."

언니랑 아이는?

시내에 영화 보러 갔다.

집이 넓고 좋아유. 산 규?

내가 이런 집 살 돈이 어디 있어.

내 집같이 쓰겠다고 사정해서 싸게 들어왔지.

자, 선배.

야, 원두커피구나.

선배 이사 오고 처음 오는데 티슈 대신유.

나도 누구처럼 대박 작품 내서 이런 데로 이사 오고 싶네유.

자, 마시자.

흐흐. 선배 커피 내리는 실력은 여전히 쫭이유.

지낼 만해유?

응. 애 엄마랑 애가 잘 적응하고 있어.

자유롭지 뭐. 맘껏 뛰어놀고 빙 둘러 자연이니 아파트에 비하겠어?

아니. 선배 말여유.

나도 괜찮아. 생활비도 적게 들고… 아쉬운 점은 좋은 원두 파는 카페가 주변에 없다는 것 정도야.

으음~ 커피 좋은데.
이 한 모금의 기쁨
오랜만에 느껴본다.

블루베리와
과일 향이 많이 나는
에티오피아
모카하라유.

그 카페?

응.

너 이사할 생각 마라.
작업실 주변에 이런 카페가
있다는 건 축복 중의 축복이다.

알았슈 알았슈.
가끔 원두
부쳐줄게유.

복귀작 준비는
잘 돼가유?

그동안
딴짓하느라
등한시했더니
그리는 속도가
더뎌.

금방
정상으로
돌아오겠지.
옛날 감각이
어디
가겠어유?

나 필명
새로 지었다.

뭐로?

까꿍.

하하하.
왜 신경 쓰여유?

19금 만화니까 신경 쓰여.

연재처는
알아봤어?

물론이지유!

요렇게 위로 쓸어 올리면
다음 페이지가 계속 이어져요.

좌우로 넘겨서
보는 것도 있어요.

뭘 봐?

유태식 작가 웹툰요.

드라마보다 더 재미있네. 몰입도가 장난이 아니야.

나오는 작품마다 영화나 드라마 계약이 되는데 미완결 작품도 영화화됐다니까요.

그림도 최고라서 원작을 봐야 제맛을 느낄 수 있어요.

재미있는 건 인정하겠는데 그림이 최고라는 건 인정할 수 없군.

또 김용휘 작가 이야기지?

김용휘? 누구지?

몇 년 전부터 작품이 안 보이는 그런 작가 있어.

아무리 그림이 좋아도 연재를 안 하면 잊힐 수밖에 없잖아.

간단하고 허접해 보이는 작품일지라도 연재를 계속해야 생명력이 길지.

사정이 있겠지.

암튼 그때 유 작가하고 사진이나 같이 찍어둘걸 그랬어.

예? 유태식 작가가 우리 카페에 온 적이 있었어요?

문하생 시절에 자주 왔었단다.

커피를 좋아하는 미나가 이 주변에 방을 구한 것도 유 작가가 2대커피를 알려줘서 그렇게 된 거야.

아깝다.

14

선배, 요새 19금
만화 시장이 아주 좋대요.
제 친구도 데뷔했는데
기본 원고료도 좋고
유료 결제 시스템도 좋대요.

아무렴 어때.
독자들을
만나는 게
중요하지.

커피
마시고 해.

!

(F) 편집 (E)

탁

페이지

왜 작업
하는 걸
안
보여줘?

괜찮아. 자기야,
19금 그린다고
자존심 상해?

15

낯설어서 그래.
내 작품이
아닌 것 같아.

변화가 필요한 시점이야.
작품성 높은
19금 만화 그리면 되지.

연재할 데는
정해졌어?

툭

7 18 19 2
25 26 2

제삿날?

연재처 관계자
만나는 날.

어머! 잘됐다!
자기야, 축하해!

툭

와글 와글

와글

안녕하십니까.
인사드리겠습니다.

아, 예.

뜨거운 포옹을
연재하는
작가 낙타입니다.

반가워요.
김용휘입니다.

어떤 작품을
연재하고
계시죠?

저….

아~ 선배, 그동안 너무 쉬었슈. 모르잖유.

곧 우리 사이트에 연재하실 겁니다.

유태식 작가랑 같은 화실 출신입니다.

문하생 시절에는 유 작가보다 실력이 월등하셨어요.

그런데 왜 이제 나타난 거야?

김 선생님, 우리 회사에 와주셔서 고맙습니다.

기회를 주셔서 고맙습니다.

부장님, 우리 자리에도 와주세요.

아하. 금방 갑니다.

축하해유. 선배.

네 덕분이다.
첫 원고료로
한턱낼게.

복귀도 좋지만 이 안에서 열정이
꿈틀거리는 것이 너무 좋다!

선배, 대박 나!

떡

미나 너도
대박 나라!

윽! 취한다.
잠깐 실례.

그냥
사라지는 거
아니지?

걱정 마유~
오늘 마시다 죽을 뀨!

TOILET

안녕하세요.

아, 예.
누구시죠?

유태식 선생님 문하생
출신 이민영입니다.

《너만 잘났냐.
나도 잘났다》를
연재하다가
지난달에 잘렸습니다.

쪽

유태식 선생
잘 있죠?

예. 언제나
본받아야 할 분이죠.

선생님도 한 잔..

아, 난
맥주예요

말아서 드세요.

꿀꿀

김용휘 선생님 말씀을
자주 하셨습니다.
두 분 우정 정말 대단하세요.

쫙

나라면 그럴 수
있을까.
너무 부러워요.

암튼
두 분 우정 때문에
가장 덕 본 사람은
이 회사 사장님일
겁니다.

무슨 얘기죠?

유태식 선생님 19금 만화 그리신대요.

유 선생이 19금을?

예, 작가님을 먼저 연재시켜주는 조건으로.

모르셨어요?

끄억. 오늘은 술 조절이 안 되네.

저, 선배님.

쭉

갑자기 그림 그리기가 싫어지면 어떻게 해야죠?

선배님은 이런 경험 없으셨나요?

그리기 싫으면 그리지 마!

캉

에이. 도움이 안 되는구먼!

선배, 기분 나쁜 일 있슈?

네가 태식이한테 구걸했지!

건방진 년!

어딜 가유! 선배! 집에 가는 버스도 끊겼잖유!

막 마감 끝냈다.

문하생들은 전부 쉬러 갔어.

커피 한잔 할래? 너 커피 좋아하잖아.

과테말라 우에우에테낭고가 있어. 바디감이 있고 단맛이 좋지.

봉지커피 마시는 줄 알았더니 돈 벌었다고 원두로 옮겨 갔나 봐.

나 문하생 시절부터 원두커피 좋아했잖아.

드르르르

돈 아껴서 카페도 자주 갔고 거기가 바로 2대커피다.

나에겐 특별한 곳이지.

그때 충고가 아니었으면 지금의 내가 없었을 거야.

미나한테도 2대커피를 내가 소개해줬지.

그래서 내 연재도 소개했어?

!

미나가 소개하는
것보다야 내가 낫잖아.

연재 안 해! 새끼야!

！

언제까지 그늘진 곳에
박혀 있을 거냐?

뭐라고?
이 새끼가….

문하생 시절도,
데뷔하고 나서도
한 번도 널 이겼다고
생각한 적 없다.

왜?
친구니까.
동료니까.

문제는
나한테 졌다고
생각하는 너야!

아우. 속 쓰류.

자, 해장 커피.
조금 엷게 탔어.

카페인은
마신 술 양보다
적게 마셨다고
착각하게 한대.

후룩

오지랖 떨다가
나만 욕 무지 먹었어유.

유태식 작가랑
김용휘 작가 사이가
그렇게 안 좋아?

쌰아아

사연이 있유.

돈 문제죠?
친구 사이가 멀어지는
경우 대부분 그거죠.

쌰아아

두 사람이
화실 동기일 때
용휘 선배가 훨씬
두각을 나타냈슈.

최단 기간에
데생까지
올라갔을
정도였슈.

그에 비해 태식 선배는
평범했어유. 늘 김용휘의
동기로만 기억될 뿐이었쥬.

후룩

그런데 화실은 일정 기간이
되면 원하든 원치 않든
독립을 해야 돼유.

우욱!

두 동기 역시 독립할 시간이 됐는데
출판사에서 서로 모셔 가려고 경쟁할
정도인 용휘 선배는 걱정 없었는데
태식 선배가 문제였어유.

출판사에서 당최 러브콜이 없는 거유.

음.

그때 용휘 선배가 출판사에 조건을 걸었어유.

뭐라고?

태식이랑 같이 연재하게 해달라!

끄억

그런데 뚜껑을 열어보니께.

북북

용휘 선배 작품은 빛을 못 보고 태식 선배 작품이 대박 난 거 있지유.

그런 사연이 있었구나.

실력이 곧 재미로 연결되는 게 아니구나.

용휘 선배는 2탄, 3탄, 4탄
모두 실패했슈.
늘 같은 스타일이었쥬.

반면 태식 선배는 카멜레온이었슈.
변신에 변신을 거듭하면서
독자들의 요구를
정확히 짚어 나갔쥬.

김용휘의 동기 유태식에서
유태식의 동기 김용휘로
바뀌었어유.

그러자 김용휘 작가는
스스로 고립을 택했군.

좋자고 한 일이
꼬여버렸유.
아흐~.

미나 너나 잘해라이.
네 코도 석 자면서
누굴 도와주어~
주제넘게~.

쿡

엄마, 봉주랑 썰매 타고 올게.

여기는 서울이랑 달라서 병원이 멀어. 그러니까 다치지 않게 놀아야 해. 알았지.

탁

태식 씨가 그랬다고 만화를 아예 안 그릴 거야?

태식 씨를 능가할 자신이 없는 건 아니고?

건들지 마.

평생 외주만 하면서
살겠다는 거야?

윤길이한테 선생님이 물었대.
아빠 직업이 뭐냐고.
만화가라고 대답했대.
그랬더니 무슨 만화를
그리냐고 묻더래.

뭐라고 대답했겠어?
윤길이가 할 말이
있었겠어?

자존심이 목숨보다
중요한 걸 몰라?

그래서?
자존심 때문에
복귀 자체를
안 하겠다고?

내가 왜 좀 전에
윤길이한테 살살
놀라고 한 줄 알아?
다쳐도 병원
갈 돈이 없어.

학원비가 없어서
학원도 못 가잖아!

에잇!

벌떡

모두가 내 문제라고 한다.
맞다. 내 문제니까 내가 풀어야 하는데…
자존심 접고 딱 시작하면 되는데…
그게 왜 안 되냐고.

오빠, 추워~.

그래. 따뜻한 데로
들어가자. 저기 모텔.

떡

악!

커피 마시자.

으… 응.

2대커피

32

생각보다 아담하네요.

어디서 우리 카페 이야기를 들으셨나요?

미나 작가가 지난주에 여기 원두를 선물하면서 어찌나 자랑하던지 서울 나온 김에 들렀습니다.

모카하라 원두였죠? 그렇다면 손님은 분명 김용휘 작가이시군요.

어떻게 제 이름을….

실은 김 작가 팬입니다. 미나 작가 불러 드릴까요?

아닙니다. 혼자 마시겠습니다.

우에우에테낭고 입니다.

유태식이
좋아하는 커피?

그렇습니다.
문하생 시절에
가끔 들렀습니다.

많이 지치고
힘들어 했던
시절이었지요.

지치고
힘들었다고요?
유태식이 왜요?

그때 유 작가는
김 작가 때문에
스트레스가 이만저만이
아니었습니다.

자기는 뭘 해도
김용휘를 넘어설 수
없다면서 펑펑 울기도
했습니다.

유 작가 요즘도
모자를 쓰나요?
스트레스 때문에
원형탈모증이
생겼거든요.

그때마다 여기 와서 위로와 충고를 받은 거군요.

제가 드린 건 커피밖에 없습니다.

커피 말고 태식에게 준 것이 또 없었나요?

잠깐만요.

로부스타입니다.

만져보세요.

다른 생두보다 크기가 작네요.

우리가 흔히 마시는 아라비카와 같은 과입니다.

그런데 아라비카에 비해서 맛과 향이 떨어져 홀대를 받고 있죠.

싱글오리진으로 마시는 사람도 없고요. 그러니 일반인들도 관심을 두지 않죠.

꼭 그렇지 않아요. 이탈리아 본토 에스프레소 블렌딩에는 반드시 이 로부스타가 들어갑니다.

싱글오리진: 여러 생산지의 커피를 블렌딩한 커피가 아닌 하나의 원두로 커피를 내린 것.

이 로부스타가 들어감으로써 추출이 조금 더 빨라지고 크레마가 두껍게 형성되고 바디감이 터프해지고 쓴맛이 더 확실하게 표현됩니다.

몰랐어요. 로부스타는 인스턴트커피에만 쓰이는 줄 알았거든요.

대개 그렇게 생각하죠.

하지만 앞으로 우리 모두 이 로부스타에 의지해야 할지도 모릅니다.

아라비카는 병충해에 약하고 재배 조건이 까다로워서 생산량이 들쭉날쭉합니다.

이 와중에 중국인들이 커피에 맛을 들인 이상 앞으로 아라비카 품귀 현상이 안 일어난다는 보장이 없습니다.

아~ 생각만 해도 현기증이 나네요.

이 거칠고 신맛 없는 로부스타를 먹어야 한다니….

과연 그럴까요?

이걸 마셔 보세요.

산미가 약하지만 구수한 맛이 일품이에요!

뭐죠?

인도에서 재배한 로부스타입니다.

싱글오리진으로 내렸습니다.

말도 안 돼!

로부스타는 로스팅이 까다롭습니다.

콩이 워낙 단단해서 끈기를 갖고 초반부터 충분히 열을 줘야 펴집니다. 그런데 한 번 열을 받으면 가속도가 붙어서 활짝 열리죠.

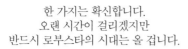

한 가지는 확신합니다.
오랜 시간이 걸리겠지만
반드시 로부스타의 시대는 올 겁니다.

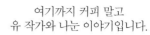

여기까지 커피 말고
유 작가와 나눈 이야기입니다.

선생님이랑
19금 만화 보니까
이거… 허….

역시
김용휘 작가 그림은
팍 와 닿아.

섹시해?
나보다?

휙

오오!

사모님 휴대전화로 보시지 왜 제 걸로 보세요.

와아. 실감 난다!

자기야, 이리 와. 같이 보게.

이따 휴대전화 돌려주세요.

어머 어머.

오.

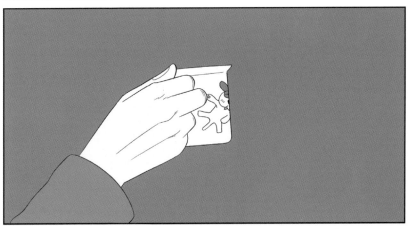

내 커피 잔 속에 위안이 있다.
-빌리 조엘-

◇◇◇ 32화 ◇◇◇
커피 친구

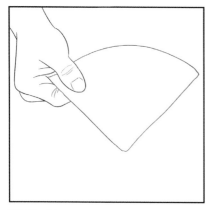

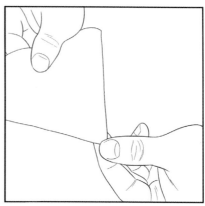

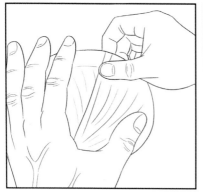

나는 아들과 며느리랑
함께 살고 있다.

남들은 나를 염치없는
엄마 또는 고약한
시어머니라고 하지만
같이 살자는 제안은
며느리가 먼저 했다.

처음에는 반대했다.
서로 불편할 거고 불화의 씨를
만들지 않기 위해서였다.

하나 어릴 때부터 부모와
떨어져 외롭게 자란 며느리는
내 존재를 여느 시어머니와는
다른 존재로 여겼다.

시어머니와 며느리가 한 공간에
산다는 것은 쉬운 일이 아니다.

이 경우 서로 간섭하지 않고
각자의 역할을 정확하게
해나가는 것이 중요하다.

나는 며느리를 대신해서
집안일을 담당하고 며느리는
아들과 함께 맞벌이로
집안 경제를 담당하고 있다.

그렇게 우리는 서로에게
필요한 존재가 되었다.

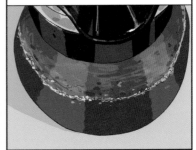

물론 고부 갈등이 전혀
없는 것은 아니다.
그런데도 지난 3년간
별 탈 없이 지낼 수
있었던 이유는 우리 둘 다
커피광이기 때문이다.

그래서 저녁에 커피 한 잔과
함께 수다를 떨며 하루를
마감하는 커피 타임은
더없이 중요하다.

이때만큼은 고부 관계에서
친구 관계가 된다.

커피 친구.

커피 준비됐다!

커피 식는다. 어서 와!

아니 얘가 화장실에서 살림을 차렸나?

확

어머나!

어머니, 저 임신했어요!

어머나!
진짜구나!

지난달부터
생리가 멈춰서
혹시나 했는데!

얘야, 축하한다!
잘했다!

빨리
대식 씨한테
알려야겠어요!

이놈은
이런 중요한
순간에 술이나
푸고 있으니….

그래! 빨리 들어와!
엄마가 된다니 꿈만 같아!

브라질 부모님께도
연락드려야지.

예. 해야죠.

이제부터
홑몸이 아니니까 더욱
몸조심해야 한다.

임신 4개월 안에
유산이 많다잖니.

네 시아버지가 있었으면
정말 좋아했을 텐데….

이것들 이젠
가만두지
않을 거야!

예?

내 친구들!
내 앞에서
침을 튀기면서
손자 자랑하던
할망구들!

나도
할망구 된다!
이것들아!

호호호호!

어머니, 고맙습니다.
집안일에 신경 쓰지 않게
해주셔서 가능한 일이었어요.

아기가 태어나면
어머니 힘이 더더욱
필요해요.
각오하셨죠?

물론!
물론!

49

빨리 키워서 동창 모임에
데리고 나가야지.

어머니, 이 커피 말고
다른 커피 마셔요.

왜?

임산부라 그런지
신맛이 당기네요.
에티오피아 예가체프.

착

!

오늘부터
커피 금지!

임산부에게
커피는 해롭다!

한 잔은 괜찮아요.

브라질에서도 다 마신대요.

브라질은 브라질! 한국은 한국!

미국 FDA나 우리나라 보건복지부에서도 하루 한 잔의 커피는 임신부나 태아에게 아무런 영향을 주지 않는다고 했어요. 하루 카페인 200밀리그램은 건강과 무관하다는 거죠.

FDA: 식품의약국.

고로 어머님과 커피 타임은 유지할 수 있음!

한 잔이 두 잔 되고 두 잔이 세 잔 된다.

아이, 어머니도….

커피 타임 좋아하시는 어머니가 못 참고 먼저 마시자고 하실 거면서….

나도 오늘부터 커피 끊을게!

!!

뭐하는 거야?

아기 소리.

벌써 무슨!

아가야, 우리 건강한 모습으로 만나자. 아빠가 매일 같이 놀아줄게.

킥!

아~!

왜?

앞으로 커피도 못 마시고 무슨 낙으로 사냐.

출근해서 마셔.

어머니도 끊겠다고 하셨단 말이야.

임산부는 좋은 말만 듣고 행복한 생각만 해야 합니다.

나도 당신 만나 담배 끊었는데 아이를 위해서라면 그 정도야 감수해야지.

획

2대커피

안녕하세요.

!

장바구니가
가득하네요.

설날 준비
하시는군요.

며느리가
임신해서 식단에
신경 쓰느라….

아이고,
경사가
있었네요.
축하합니다.

들어오셔서
커피 한잔 하고 가시죠.

꿀꺽

할머니 승격 기념으로 커피를 대접하겠습니다.

아네요. 말씀만 고맙게 받겠습니다.

참자! 참자! 참자!

드르르르

아범은 오늘도 늦는구나.

새 프로젝트 맡았잖아요.

아빠가 되면 육아를 많이 도와야 할 텐데 미리미리 일을 조절해야지.

먹어도 먹어도 배고파요.

후후. 2인분을 먹어야 하니까 그렇지.

불고기 간이 맞냐?

어머니 표 불고기는 언제나 최고!

였는데… 오늘은 너무 싱겁네요.

임산부는 짜게 먹으면 못 써.

주방은 다 정리됐고 이제 커피 타임!

저희 커피 딱 한 잔만 마셔요. 의사 선생님도 괜찮다고 했는데….

참아!

펑

어머니이이!

대신 이걸 마셔라!

신통 방통 잉어즙

1급 청정수에서 자란 잉어를 4시간 곤 거다. 엽산도 많고 단백질도 풍부하대.

저 엽산은 따로 먹고 있어요.

암말 말고 마셔. 임산부에는 이것만큼 좋은 것 없다.

꿀꺽 꿀꺽

우두두 투아 투아

그만 자자.

커피 못 마시는 것도
스트레스인가 봐.

남들은 저녁에
커피를 마시면 잠을
못 잔다고 하는데
자기는 커피를
못 마셔서 못 자니….
참 희한한 체질이야.

진정해.
아이한테
좋지 않아.

아이 아이 아이!
내 존재는
없어지고….

우욱!

아직도 입에서 비린내가 나.
양치하고 올게.

철컥

팡

자기야, 이 동영상 봐봐. 라마즈 호흡법인데 출산할 때 도움이 많이 된대.

자기랑 함께 해야 해.

출산 전에 준비할 게 많네.

태아보험 들어야 할까?

그거 그만해라. 전자파가 태아에게 나쁘대.

자기야, 나 물 좀….

자기야, 리모컨 좀….

자기야, 나 다리 좀 주물러줘라.

넌 손도 없고
발도 없고
입만 있구나.

임산부도 적당히
움직여야 해.

탁

주말이면 편히
쉬고 싶어요.
어머니.

응. 나 당분간
자전거
못 탄다고
했잖아.

와작

너만
임신하는 것
아니다.

아범 배 속에
있을 때도
똑같이
김장도 하고
이사도 하고
다 했다.

평소 입에도 안 대던
과자를 왜 이렇게
많이 먹냐?

탁

！

입이 궁금해요.

그럼 과일 먹자.
인스턴트식품은
태교에 도움이 안 돼.

제가 왜 과자를 먹는 줄 아세요? 커피를 끊어서 그런 거예요.

지금 나한테 시위하는 거냐?

시위가 아니라 그냥….

이런 말도 못하면 어떡해요?

어머니, 그만하세요.

알았다! 커피 마셔라! 네가 원하는 만큼 맘껏 마셔라! 이제 됐냐?

죄송해요. 어머니.

휴우.

아니 아빠 될 사람이…. 땅 꺼지겠어요.

아기 생각하면 기쁜데요. 어머니랑 와이프 생각하면 답답해요.

커피 때문에 집안 분위기가 안 좋아졌군요.

예. 겨우 일주일 지났는데 제가 중간에서 어째야 할지 모르겠어요.

커피도 담배처럼 금단 현상이 오니까 두 분 다 짜증이 느신 것 같네요.

차라리 커피를 드시는 게 낫지 않을까요?

제 말이요. 그래서 더치커피를 준비할까 했는데 역시 카페인 때문에 통과하지 못했어요.

상황이 더 나빠지기 전에
손을 써야죠.

어떻게요?

고비야!

예. 선생님.
디 카페인 커피
준비하겠습니다.

디 카페인!

그것도
화학용품
쓴다고 해서
좀 불안해요.

오해입니다.
인체에 전혀
해가 없는 공법을
쓰고 있어요.

대략 세 가지 방식이
있는데요. 화학 용매제를
쓰는 용매법, 저온 고압
조건에서 생두를 안전한
액체 이산화탄소에 넣어
카페인을 추출하는
이산화탄소법, 화학용품을
전혀 쓰지 않고 물과
탄소 필터를 사용하는
스위스워터법이 있죠.

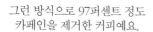

그런 방식으로 97퍼센트 정도 카페인을 제거한 커피예요.

다 안전하지만 화학이란 글자 때문에 불안하다면 스위스워터법으로 카페인을 제거한 원두를 드리세요.

턱

다만 커피에 민감하신 분들은 풍미가 다소 떨어진다고 느낄 수 있습니다.

오호, 희망이 보입니다!

남자들은 이렇게 단순하다니까. 왜요?

이제 카페인 문제가 아니라고요.

그래서 준비한 히든카드가 있습니다.

디 카페인 커피입니다.
드세요.

어머니가 먼저 드세요.
마시고 마음
편안해지는 것이
낫잖아요.

난 며느리랑
커피 안 마시기로
약속했다.

저도
배 속 아기를 위해서
마실 수가 없네요.

혹시나 했는데
역시나네.

불안해서
그런 거 알아요.
그래서 준비한
커피가 있어요.

이것이 천연
디 카페인 커피
콜롬비아 라우리나
원두예요.

카페인이 없어도
맛이 기막히답니다.
희귀종이라 값도 비싸요.
150그램에 6만 원
정도라니까요.

!

계속 이런 분위기 가져갈 거야?

화해 자리를 마련했는데 이렇게 돼서 미안해.

커피 한 잔 때문에 이게 뭐야!

괜찮다는데 못 마시게 하는 어머님이 문제지. 난 아니야.

펀드는 게 아니라 자기가 먼저 사과드려라. 부탁이야.

임신하면 건망증이 심해진다더니 진짜 그런가?

핸드폰을 놓고 갔어.

덜컹

67

그게 뭐예요?
어머니 혹시 저 몰래
커피 드시려고요?

아… 아니다.

뭐가 아녜요.
드실 거면 편안하게
드세요.

저 안 마셔도
괜찮아요.

커피랑 커피 용구를
치워놓으려고…

제가 혹시 몰래
마실까 봐서요?

어머니는
저를 그렇게
못 믿으세요?

너를 못 믿는 게 아니라 커피 유혹을
사전에 차단하려는 거다.

어머니, 저 이래 봬도 자존심 하나로 버텨온 사람이에요.

마시고 싶으면 당당하게 마시지 그렇게 몰래 마시진 않아요.

커피 마시는 게 아니라고 얘기했는데도 나를 못 믿는 거냐?

저 솔직히 임신하고 하나도 행복하지 않아요!

어머니 요즘 심하세요! 그건 저와 아기를 위한 것이 아니라고요!

아… 알았다.

네 집에서 네 맘대로 하는데 주제넘게 감 놔라 배 놔라 해서 미안하다.

오늘부터
편안하게 해주마.

내가 갈 데가 없어서
얹혀사는 줄 아나 보네, 참….
나 없이 잘 사나 보라지.

어딜 가세요.
어머니.

!

바쁘시지 않으면
잠깐 들어가서
커피 한잔 하고 가세요.

디 카페인
커피로도
안 됐는데
그 커피로
될까?

그러게요.
너무
약해요.

잠자코 계시길!

…

…

예비 할머니를
위한 커피입니다.
게이샤!

그래.
당분간 오고 싶어도
못 올 텐데 이 집 커피
한 잔 하고 가자.

71

아아 좋다~.

메마른 나무에
물기가 도는
기분이야.

어디
여행 가세요?

아… 뭐….

요새 며느님이랑
불편하시죠?

엥?
우리 며느리가
여기 와서 뭐라
하던가요?

아뇨. 아드님이
다 얘기했어요.

휴우~
커피 때문에
그렇다면 남들이
웃을 일이지.

딸칵

하루 한 잔 정도는 정말 괜찮아요.

자존심 싸움이 되어버려서 사과할 기회를 놓쳐버렸어요.

싸움이란 게 원래 그렇잖아요. 화해는 하고 싶으세요?

당연히 해야 하는데….

커피 맛 어때요?

말하면 뭐해요. 그 유명한 게이샤인데….

그 커피 게이샤 아녜요!

엥?

민들레 뿌리를 말려서 덖어 만든 민들레 커피예요. 일본에서 임산부들이 많이 애용하고 있어요.

이게 진짜 커피가 아니라고요?

감쪽같이 속았어요!

플라시보 효과입니다. 플라시보는 라틴어로 가짜 약이란 뜻이에요. 만성질환이나 심리 상태에 영향받기 쉬울 때는 가짜 약이 효과 있는 경우가 있어요.

어머님이 커피 공황 상태라 말만 듣고 게이샤로 믿고 마신 거예요.

민들레 커피 말고도 검은콩, 치커리, 현미 커피도 있답니다.

세상에….

우리 며느리한테 딱 맞네.

커피로 생긴 문제는 커피로 풀어야지요.

애야.

어! 어머니!

자!

이게 뭐죠?
커피?

그동안
스트레스
많았지?
마셔.
게이샤 커피다.

정말 마셔도 되죠?

식는다.
어서 마셔라.

좋으냐?

좋아요!
최고예요!
그렇지만
어머니가
더 좋아요!

이렇게 간단한걸….
고집부려서
미안하다.

아녜요. 저도
잘한 것 없지요.

그깟 커피
끊는 게 무슨
큰일이라고.

실은 임신 소식
들으니까
기쁘면서도
겁도 나고
그만 신경이
예민해졌었나
봐요.

어머니, 2대커피에서
커피 드셨구나!

그래서 저를 공범
만들려고 커피 가지고
오신 거죠?

내가 좋아하는
라우리나 커피는
어디 감췄냐?

눈 딱 감고
옆집 줘버렸어요.

아기 태어나면
돈 들어갈 데가 많은데
6만 원이 넘는 커피를
어떻게 마셔요.

그렇지.

아기가 태어나면
할머니가 커피
가르쳐줄게. 응~.

뭐죠? 어머니,
임산부는 커피 안 되고
신생아는 괜찮은 건가요?

아, 그렇구나.
고등학생
될 때까지
기다려야겠네.

호호.
그러니까
건강하게
오래오래
사세요.

어머니,
커피 친구
되찾아서
너무 좋아요!

나도 좋구나!

커피는 사람과 사람을 연결시키는 매개체다.
-하워드 슐츠-

~~~ 33화 ~~~
3주의 기다림

초이허트가 블로그에
발표한 카페 랭킹이
장안의 화제다.

지난 1년 동안 자신이
다녀본 카페를 중심으로
순위를 매겼는데 SNS를 타고
급속도로 퍼져나갔다.

전적으로 초이허트의 개인적인
의견이었으나 대중들은
순위에만 관심을 가졌고
결국 카페들 사이의
반목까지 생기게 하였다.

여기에 2대커피가
랭킹에서 빠지는 사건이
생기면서 그 혼란은
더욱 요란해졌다.

그런데도 초이허트는
대중의 반응에 대한
아무런 반응이 없었다.

지가 커피를 얼마나
마셔봤다고.

특히
에스프레소
랭킹이요.
어처구니가
없어서….

에스프레소 맛은
결국 라테나
카푸치노랑
관계가 있는데
이렇게
평가했으니….

몇 등이었는데?

11등이요.

준수하구먼. 자네는?

9등.

훌륭하네.

훌륭하긴요. 5위가 제 후배라고요. 아오~ 자존심 내려앉아.

이 랭킹에 정말 문제 많아.

맞아요. 우리 2대커피가 빠졌잖아요.

그러니까 객관성이 의심되는 거죠.

선배님께서 초이허트를 불러서 따끔하게 한마디 하셔야 합니다.

쓸데없는 소리 말고 어서 카페로 돌아가!

손님이 있는 곳이 자네들이 있어야 할 자리야!

질문이 있어요.

여기 굉장히 유명한 줄
알았더니 아니었나 봐요.

랭킹 말씀인가요?

예. 2대커피는
아예 빠졌더라고요.

저희는 순위에
연연하지 않습니다.

약자의 뻔한 대답.

변명보다
더 의미 없어.

부글부글

에잇!
못 참겠다!

삐딱이한테
가려고?

그 입으로 뭐라고
변명하는지
들어봐야겠습니다!

순위에 연연하지
않는다고 네 입으로
말했지 않았느냐.

평론가의 한마디 한마디에
일일이 대응하면서
커피는 언제 만들어?

다 지나가는 소나기야.

소나기가
자주 오면
장마예요!

소나기는 소나기일 뿐!

쏴아악

기이잉

원고 때문에 한동안 인터넷을 끊었드만 그사이 이런 일이 생겼슈.

이 엉터리 랭킹!

고비야, 어떻게 대응하고 있어?

척

우리 2대커피는 평론가의 개인적 소견으로 매긴 순위보다 손님들의 평가를 더욱 소중하게 여기는 카페입니다.

너무 소극적이잖여!

궁여지책이죠!

너 잘 왔다! 삐삐삐 삐딱이!

직원 보러 온 거 아니다.

오랜만이야.

늦었지만 새해 인사 드리겠습니다.

아니 지금 어떤 상황인디 무슨 낯으로 인사 와유?

공과 사는 구별합시다. 댁이 화낼 이유가 뭐죠?

하나만 묻자.
무슨 이유로
2대커피가 빠졌지?

꼭 설명하자면
너 때문에….

나?

추출도 서툴면서
이제 로스팅까지
기웃거린다면서?

그동안 넌
2대커피의
변수였는데 이젠
불안 요소가 됐다.

선생님이
허락하신 거다!

아무튼 평가할 수
없으니까 제외한 거야.

그럼 여기서
커피 마시는 분들은
뭐가 되는 거쥬?

교육 훈련을 위한 보조 재료.

말이 심하다!

왜 저런 실력 미달자를 감싸시는지 잘 이해가 되지 않습니다.

그건 내가 판단할 문제일세.

저도 제 판단으로 순위를 매긴 것입니다.

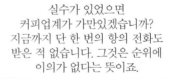

그런데 그 판단에 실수가 있어!

실수가 있었으면 커피업계가 가만있겠습니까? 지금까지 단 한 번의 항의 전화도 받은 적 없습니다. 그것은 순위에 이의가 없다는 뜻이죠.

3등에 올린
'카페 성이'의
원두 평가를 보니
최고라고 썼더구먼!

그것이 바로
자네의 실수야!

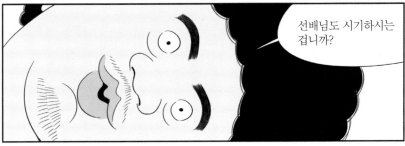

선배님도 시기하시는
겁니까?

내가 그런 사람으로
보이다니 부끄럽구먼.

아무튼 전 동의할 수
없습니다. 실수라고
말씀하신 것
사과하십시오!

그럴 수 없네!

증명할 수
있습니까?

증명되면 제 실수를
인정하고 SNS에서도
사과하겠습니다.

아니면 망신을
각오하셔야 할걸요.

너무 일이 커지는 것
아닙니까?

한 번은 짚고 넘어가야 한다!
잘못됐다면 고쳐야지!

아~ 정말 걱정됩니다. 카페 성이의 원두는 최고 중 최고잖습니까. 다만 서비스 문제로 3등에 머문 것뿐이죠.

이러다 망신을 당하면…. 생각만 해도 끔찍해요.

이번 일로 커피업계의 평가 방법이 한 단계 더 성장할 수 있다면 그걸로 된 거지.

성이 카페의 원두가 필요한데…. 제가 다녀오겠습니다.

빈손으로 가면 예의가 아니지.

250그램짜리 샘플 로스터.
샘플 로스팅이라
연습용이나
작은 카페에도 제격이지.

강고비 씨?

예.

박 사장님에게서
연락받았습니다.
생두는
가져오셨죠?

예. 에티오피아
예가체프 1킬로그램
가져왔습니다.

오~ 예가체프를
하시다니 실력이
좋으신가 봐요.

헤~ 아직
가스만 낭비하는
초보입니다.

브라질과 과테말라로도 힘겨운데 예가체프를 볶아서 카페 성이에 선물로 가져가라니….

선생님께선 나에게 왜 이런 시련을 주시는지….

점화 버튼을 누르고 가스 밸브를 열고 달궈질 때까지 기다린다!

1차 크랙! 여기서 멈추자!

또 실패! 너무 태웠다!

악! 실패!

이제 남은 건 500그램.

예가체프의 특징은 산뜻한 산미에 있다. 약배전으로 해야 향도 살아나서 장점을 극대화할 수 있다.

휴우~ 요새는
몸이 열 개라도
부족하다.

원래 잘나가는
카페인 데다
초이허트 랭킹 때문에
더 바쁘신 거죠.

그나저나 매장은
어쩌고 여기 온 거야?

선물 가지고
왔습니다.

이걸 왜
나한테?

저도
궁금합니다.

일단 한 잔 마셔볼까?

윽!

！

이건 덜 익은
커피잖아!

너의 예가체프 생두
가공 방식이 내추럴이었지?

예.

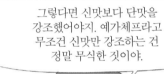

그렇다면 신맛보다 단맛을
강조했어야지. 예가체프라고
무조건 신맛만 강조하는 건
정말 무식한 짓이야.

신맛 살리는 거 나쁘진 않아.
약배전을 하면 산미와 향이
도드라지는 건 삼척동자도
아는 사실이니까.

그런데 다들
약배전을 너무 쉽게
보는 게 탈이야.

색깔만
연하게 나온다고
약배전이라고 하면
곤란하지.

이건 덜 익어서 나는
신맛이야.

제… 제대로 익히려고 1차 크랙 전에 온도를 충분히 올렸는데요.

불에 볶는다고 다 로스팅이 아니야!

예가체프는 무른 콩이라 불을 섬세하게 다뤄야 해!

충고 하나 하지. 로스팅은 맛의 기준이 있어야 해!

강고비가 로스팅에 서툰 이유는 기계 조작 미숙도 있지만 맛의 기준이 없기 때문이야!

한눈팔지 말고 죽어라 커피부터 마셔! 그리고 혀가 확실히 기억한다면 그때 시작해!

어떤 커피여야 할까요?

박 선배님 커피 있잖아! 코앞에 두고 어디서 찾아!

왜 그렇게
힘이 없냐?

아시잖아요. 선생님이
저한테 하시고 싶은 말씀을
한 사장님한테서 듣고 왔습니다.

기이잉

생두를 골고루 익히려면
시간이 필요한 것처럼
사람도 익으려면 시간이 필요하지.

원두 여기
있습니다.
사 일 지난
원두입니다.

수고했다. 이젠
내 차례구나.
한번 마셔
볼까?

으음…
역시 훌륭해.

군더더기가
없어요.

좋은 커피는
혀에 기억시킨다.

한 사장 원두를
밀폐용기에 넣고
잘 보관해둬라.

예.

열흘 후

오! 이게 정말
십 일 지난 원두라고?

아주
좋은데요!

역시 3위 커피라 다르네요.

그래서 걱정이에요.

사장님은 어디 가셨지?

데이트요.

어쩌시려고 저렇게 천하태평이신지….

갈수록 더 맛이 좋아질 것 같은 원두야.

쭈우우

원두 맛이 변할 때 혹평을 하시려고 삼 주 뒤로 잡으신 거 아닐까요?

설마. 사장님은 절대로 비겁한 분이 아니야.

사장님 생각이 궁금하네요.

전 삐딱이가 지금쯤 무슨 생각을 할지 궁금해요.

선생님, 제 작전에 넘어와주셔서 고맙습니다.

랭킹에 2대커피를 제외한 이유에 대해 많은 사람들이 궁금해했는데 이번 사건을 칼럼으로 쓰면 딱 맞을 것 같습니다.

고비와 선생님의 불안한 모습을 독자들이 읽으면 제 이유에 동의하겠지요. 그럼 마지막 한 모금을 마셔볼까.

이런 원두에 흠이 있다는 건 억지지.

난 지금 장기를 두고 있어.
이기지 않고 빅수를
만들어 비길 거야.

삼 주 후

긴장 풀어.

떨려서 일이 손에
잡히질 않아요.

기이잉

왔군.

선배님도 너무하세요.
제가 3등이 된 것이
그렇게 배가 아프십니까?

지금부터 이유를
설명할 테니
진정하고 앉게.

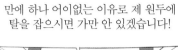
만에 하나 어이없는 이유로 제 원두에
탈을 잡으시면 가만 안 있겠습니다!

고비야, 카페 성이
원두를 가져오너라.

예.

자, 모두들 맛을 보게나.

아주 맛있어.

카페 성이의
사 일 지난 원두야.
어제 손님한테
부탁해서 가져왔지.

로스터리 카페라면
사 일 지난 원두에서
이 정도 맛은 내잖아.

그런데요?

다음 것을 마셔볼까?

내 커피지만
완벽하다!

최고조에 이른
맛입니다.

이 주 지난 원두지.
내가 한 사장 원두를
높게 평가하는 이유가
바로 이 지점이야.
어느 카페에서도
만나기 힘든 맛이지.

도대체 어쩌시려고
칭찬을 하시지?

그런데
그 이후가
문제야!

무슨!

!!!

!!!

힘을 잃었다!
산패 직전의 맛이야!

삼 주 된 이 원두커피가
바로 내가 초이허트의
원두 평가에 실수가
있었다고 한 이유일세!

선배님!
이건 억지예요!

무슨 이유로!

평범한 로스터리 카페라면
억지지만 자네 수준이라면
억지라고 할 수 없네.

한 사장은
누구를 위해
로스팅을 하나?

그야 손님이죠!

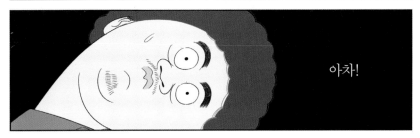

아차!

그렇다면
손님들의
구매 패턴을
생각해본 적이
있겠지?

늘 신선한
원두를 원하죠.

그것이 자네의 오판일세!

지금 마셔봤듯이
자네 원두는 이 주까지는
더할 나위 없이 훌륭해!

그러나 판매용 원두는 200그램 원두
한 봉지를 구매한 손님들 패턴을
고려할 때 삼 주까지 지속하여야
집에서 마지막 한 잔까지
제대로 즐길 수 있지 않겠나?
그건 우리 로스트쟁이들의 의무야!

자네의 실력이라면
이 의무를 잊지
말아야 해!
초이허트도 이걸
간과한 거야!

카페 성이 손님의
구매 패턴이
이 주 정도라면요?

그만해!
선배님 말씀이 맞아!

뚝

삼 주 가는
원두라면
재고 관리나
카페 운영에
도움이
많이 되지.

요리만 할 줄 아는 요리사랑
객단가를 생각하면서 요리를 하는
요리사랑은 큰 차이가 있는 법일세.

우리는 로스터이자
카페의 주인 아닌가!

초이허트도
동의하나?

젠장. 혹 떼려다 혹 붙인 꼴이야.

SNS에 사과문 올리겠습니다.

정중하게 해야 해!

콱!

그런데 선배님, 로스터로서 자존심이 상하는 건 어쩔 수 없네요.

그럴 필요 없네.

자네는 고비의 약배전 예가체프 원두를 마시고 잘못된 점을 지적했지 않았나?

아끼는 후배라서 조언을 한 것뿐입니다.

고비, 기분 나빴었나?

아닙니다. 오히려 고마웠습니다.

거 보세요.
고마웠다잖아요.

나도 선배로서
한 사장을
아끼는 마음으로
조언한 걸세.

척

척

어휴~ 결국
자충수를 둔
꼴이군.

휴우~ 삼 주 기다리면서 얼마나 긴장을 했는지….

해결되니까 다리에 힘이 빠집니다.

자기야, 아무튼 잘 해결되어서 다행이야.

완벽하게 이겼어!

이겼다니. 비긴다고 얘기했었잖아.

이런 문제에 승부가 어디 있나.

서로 의지하고 배워나가는 거지.

고비야! 예!

흔한 얘기지만 진정한 승부는 너 자신과의 싸움에서 이기는 것이야.

네가 훌륭한 커피인이 되어가는 모습을 지켜보기 위해 나는 10년, 20년을 기다려야 할지 모른다. 그러나 그게 뭐 어떤가. 기다림에 즐거움을 느낀다면….

고맙습니다! 선생님!

나는 인류가 많은 일을 해냈다고 믿는다.
그것은 인간의 지능이 높아서가 아니라
커피를 만들 수 있는 손을 가지고 있기 때문이다.
-플래시 로젠버그-

◇◇◇ 34화 ◇◇◇
코르타도

봄은 봄인가.
이사하는 사람들이 많네.

올겨울은
꽤 추워서인지
이번 봄이
유난히 반갑다.

덕분에 둘이 바짝
붙어 있어서 더 훈훈한
시간을 보냈잖아.

한파주의보 대신
닭살주의보 발령이요~.

!

나른한 햇살, 부드러운 바람.
날씨 정말 좋네~.

그렇지.
고비야?

산책 다녀오세요.

고비, 땡큐.

봄 냄새 좋네.

이런 날씨는
손잡고
산책하라는
신의 선물이야.

부드럽고
따스한 라테
한잔 할까?

내가 이래서
이 남자를
사랑할 수밖에
없어요.

우린 정말 어쩌면
이렇게 잘 맞을까?

덜컥

역시 엉터리야!

방금 나간 손님
무슨 일 있었나?

그 사람 사장님 가게에는
아직 안 갔나 보네요.

처음 보는
사람이야.

동네 카페들 사이에서
블랙리스트에 오른
손님이에요.

무슨 잘못을 했기에?

새로 이사 왔다는데
처음에는 뭐…
코… 콜탈?
이런 거 시키더니
없다니까
라테 달라더니
맛이 없다고
저렇게 트집
잡고 나가네요.

아무 이유 없이?

누가 아니래요!

저런 손님
신경 쓰다간
끝도 없어요!
에이!

이사 오는 사람들이
많다는 건
우리 카페에도
낯선 손님이 드나들
거라는 얘기지.

처음 오는 손님,
단골 손님
구별하지
않겠습니다.

2대커피에 한 번 들어오면
발을 뺄 수 없는 골수 단골로
만들어버리겠습니다!

이젠 고비가 손님 대응하는 건 신경 쓰지 않아도 되겠어.

응. 잘해.

커피 맛 이전에 사람이니까.

탁

타타탁

작년 한 해 당신이 가장 잘한 선택은 고비를 받아들인 거야.

그런 의미에서 상으로 뽀뽀.

윽! 여기서 이러시면 아니 되옵니다.

쪽

억! 저 손님은!

여기 커피가 최고래서
왔습니다만….

어째 손님이
없는 것이….

오전 러시가 방금
끝났습니다. 이제 곧
단골 러시 시작입니다.

싸아

아 그런가요?

못 뵙던 분이신데….

이사 왔어요.
이삿짐 정리가
대충 끝나서 커피 한 잔
마시러 왔습니다.

2대커피를 찾아주셔서
감사합니다.
잘 부탁합니다.

동네 분들이
이곳을 좋아하는
이유를 알겠네요.
느낌이 좋아요.

그럼 주문하시겠어요?

코르타도!

코… 뭐지요?

스페인 커피인데
카푸치노와 마키아토
중간 정도 되는 커피지요.

여기도
없나요?

죄송합니다.
대신 라테는 어떠신지요?

동네 일등 카페라고
해서 기대했었는데….

라테는
맛있겠죠?

물론이죠.

저희 2대커피
라테는 가히
예술이라고
말씀드릴
수 있습니다.

나가봐야 하는 것
아니야?

고비 손님이야.

어떠세요?

이건 예술이 아니라 예술 흉내 내는 정도입니다.

예?

맛이 없다고요.

다… 다시 만들어 드리겠습니다!

됐어요.

수준 차이는 기교로 극복될 수 없죠.

예? 그게 무슨 말씀?

됐고요. 리필 되죠?

예. 아메리카노 가능합니다.

탁

이건 한약도 아니고….
에스프레소가
이렇게 형편없으니까
커피가 맛이 없지.

감사합니다.
또 오세요.

기이잉

뭐가 문제였어?

모르겠어요.
수준 차이
운운하면서
라테랑 아메리카노
둘 다 한 모금만
마시고 갔네요.

그 커피 좀 다오.

손님이 남긴
커피입니다.
새로 내려
드릴게요.

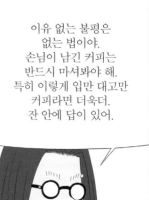

이유 없는 불평은
없는 법이야.
손님이 남긴 커피는
반드시 마셔봐야 해.
특히 이렇게 입만 대고만
커피라면 더욱더.
잔 안에 답이 있어.

세팅 확실히 했고 실수도 없었는데….

음….

그런데 왜 두 잔 모두 남기고 갔을까요?

취향이 다른 손님들도 이렇게 남기고 가진 않는데요.

고비, 신경 쓰지 마. 척하면서 동네 카페들 쑤시고 다니며 저런다더라.

아하. 상습범이군요.

그전 같았으면 속상했을 텐데 이젠 견딜 만해요.

우리 2대커피를 좋아하는 손님들 신경 쓰는 것만으로도 하루가 벅찬 걸요.

하하. 일 년 사이에 많이 컸다.

선생님, 혹시 코르타도라는 커피 아세요?

처음 듣는데?

요새 끼니는 제때 먹고 다녀?

호호… 혼자 사는데요, 뭐….

그 손님 갔었지?

예?

커피로 하도 까탈을 부려 2대커피로 가보라고 내가 추천한 건데….

아, 그 손님 저희도 퇴짜 맞았어요. 흐흐.

원래 봉지커피만 마시다가 미국 주재원으로 파견 근무 가서 원두커피 맛에 빠졌다니.

늦게 든 바람이 무섭다고…. 삼 년 동안 커피 때문에 행복했는데 한국 돌아오니 커피 맛이 달라서 힘들다고 하소연하더라고.

그런 사연이 있었군요.

탁
코르타도 I
탁
타탁

뭔가 차이가 있을 거야.

탁 탁 탁

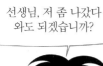
선생님, 저 좀 나갔다
와도 되겠습니까?

그래.
바빠지기 전에 와라.

그 손님
안 오겠지?
커피 부적응자.

글쎄.

고비가
부담스러운가 본데
자기가 좀
도와주지 그래.

도움이 안 돼!
나도 코르타도를
마셔본 적이
없으니까!

나한테 연락을 다 하고 웬일이래?

코르타도를 마시고 싶어서 왔어요!

오호~ 많이 컸구나. 코르타도를 다 알고….

만들 수 있어요?

물론이지! 그런데 왜 널 위해서 만들어야 하지?

맛이 궁금한데 주위에서
맛을 볼 수가 없어서….

제대로 찾아왔어!

하지만 난 프로야.
프로는 대가 없이
움직이지 않아!

만들어주면
당신이 원하는 건
다 들어줄게요!

코르타도 한 잔이 이브의 선악과가
될 수도 있을 텐데. ㅎㅎㅎ.

당신도 바리스타였으니까
그 욕망을 잘 알잖아요!

욕망이라는
이름의 전차.
비비안 리,
말론 브란도.
ㅎㅎ.

뭐야! 이건 라테잖아!

라테와
별 차이가 없어.

난 미국식
코르타도를
마시고 싶다고!

그건 불가능해!

삐딱이도 불가능한 커피가 있나? 놀랍군.

재료가 없으니 불가능하지.

변명이 궁해!

변명이 아니다. 코르타도의 'corta'는 절단이라는 의미의 스페인어다.

무엇을 절단하느냐. 그것은 커피의 산미지. 산미가 강한 에스프레소의 특성을 줄이기 위해 스팀밀크를 넣어 만든 커피가 바로 코르타도다.

산미를 줄이려면 약배전 원두면 되잖아!

문제는 원두가 아니라 우유라고!

우유?

그랬구나!
그래서 만족을
못 했구나!

그러나 우리나라에서도
그런 고품질 우유가 있긴 해.
수소문하면 구할 수
있을 거야.

이제 알았나?

알았어요.

그럼 내가 원하는 걸
해줄 차례다!

물론!

역시 당신은
대한민국 최고의
커피 평론가요.
고맙소.

뭔가 당한 것 같은
이 기분… 뭐지?

사과해!

내가 왜!
형편없는 커피를
파는 사람이
사과해야잖아!

너 같은 손님
필요 없으니까
다신 오지마!

뭐….
갈 이유가
있어야 가지.

에잉! 재수 없어.
하필 커피 한 잔
제대로 마실 수 없는
동네로 이사 왔을까.

저는 그 말에
동감할 수 없어요.

2대커피!
또 오라고 한 곳은
그곳밖에 없었어.

하지만
커피 맛은 뭐….

이젠 코르타도가
뭔지 알았습니다.
2대커피로 가시죠.

자, 드시죠.

후룩

후루룩

지난번 마신 라테랑 똑같은 맛이잖아!

맛없어!

왜 이렇게 맛이 없을까요?

지금 장난해? 에스프레소가 맛이 없으니까!

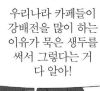

우리나라 카페들이 강배전을 많이 하는 이유가 묵은 생두를 써서 그렇다는 거 다 알아!

생두 질이 안 좋으니까 그걸 감추려고 무조건 쓰게 만들잖아!

그렇다면 미국은 신선한 생두를 쓰니까 약배전으로 볶는다?

그럼! 커피 소비량 세계 1위답게 늘 싱싱한 생두를 쓰지.

그 나폴나폴 대는 산미가 괜히 나오겠어?

미국인들이 산미를 좋아하는 건 신선한 원두 때문이 아니라 복숭아나 자두 맛에 익숙하기 때문입니다.

한국에도 복숭아 자두 다 있어.

미국은 종류가 다양하고 새콤달콤한 맛도 더 강합니다.

한국 사람들에게는 익숙한 맛이 아니죠.

묵은 생두 때문에 쓴맛 나게 볶는다는 건 호랑이 담배 피우던 시절 얘기고요.

그렇다면 나 같은 손님을 위해서 약배전 원두를 구비할 수 없어?

됐어. 커피 맛 차이가
우유 때문이라는데
그런 집을 어떻게 다녀?

그거 말 되네.
우리 딸도 우유가
맛없다고 성화야.

뭐?

미국에서 마셨던 우유랑
차이가 많이 난대.
코르타도도 라테도
우유를 섞는 커피잖아.
그렇다면 말 되는 거지.

정말이야?

이젠 자기 딸도 못 믿어?
애들은 거짓말 못 해.

저벅

저벅

턱

주문하신
라테입니다.

진짜
우유 때문인가?

많은 사람들이 외국에서 마신
라테와 국내 라테 맛이
너무 차이 난다고 불평을 하죠.

그건 바리스타들의 잘못이 아닙니다.
우리에겐 선택권이 없습니다.
고온 살균이냐 저온 살균이냐는 정도….
저지방 우유는 거품이 잘 일지
않으니까 고려의 대상이 아닙니다.

말도 안 돼.

그에 비해 외국에서는 정말 다양한 우유를 고를 수 있잖아요.

지방의 함유량, 가격대, 젖소 품종 등….

그렇다면 결국 내가 마시고 싶은 커피는 한국에 없다?

손님이 원하시는 커피는 뉴욕 맨해튼의 카페에서나 마시는 커피일지 몰라요.

2대커피에서 더는 손님을 위해 할 수 있는 일은 없습니다. 판단은 손님 몫입니다.

휴우~ 이제야 이유를 알게 돼서 속이 후련해.

커피가 이렇게 다양하고
수많은 사연을 가졌는지 몰랐어.

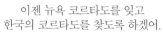

이젠 뉴욕 코르타도를 잊고
한국의 코르타도를 찾도록 하겠어.

덕분에 저도
코르타도를
알게 됐으니
고맙죠.

딱

Start spreading the news
I'm leaving today
I want to be a part of it
New York New York

엇!
프랭크 시나트라!

144

커피는
어쩔 수 없지만
노래는 얼마든지
가능합니다.

These vagabond shoes are longing to stray
Right through the very heart
of it New York New York~

New York~
New York~

I wanna wake up in a city, that doesn't sleep
And find your king of the hill top of the heap
in old New York~

I'm king of the hill
top of the heap~

in old New York~

These little town blues are melting away
I'm gonna make a brand new start of it in old New York~
If I can make it there I'm gonna make it anywhere~
New York~ New York~

145

Start spreading the news I'm leaving today
I want to be a part of it New York New York
These vagabond shoes are longing to stray
Right through the very heart of it
New York New York

맛을 판단하는 것은 개인의 몫이다.
다만 존중의 자세는 필요하다.

35화

티라미수

졸업 축하한다!

고맙습니다!

아저씨하고 김 여사님은 화장품 선물.

어머나! 립스틱도 있어요!

고비는 만년필.

오빠, 공부 열심히 할게.

초등학교 때가 엊그제 같은데 벌써…. 세월 참 빠르다.

그 나이에 자기 길을 정하고 매진하는 걸 보면 넌 틀림없이 빵의 여왕이 될 거야.

부모님도 대단하시지. 딸이 대학 포기한다고 했을 때 받아들이기 쉽지 않았을 텐데….

선생님, 재활용쓰레기
버리러 갑니다.
마지막으로 확인해보세요.

턱

보면 분명 마음이
변할 거야.
그냥 가거라.

그러게요.

너도 왔구나.

일본 가기 전에
방 정리 끝냈어.

아까워?
그럼 다시
가져가든가.

에잇!
아깝지만 버려!

재활용 분
툭

그건 뭐야?

2대커피 와서
처음 마셨던 잔인데
쉽게 버리지
못하겠어.

패트플라스틱류

내가 가는 건
아쉽지 않나 보네.

뭐?

아니면 뽀뽀라도
해주던지!

콱!
이 고삐리가!

재활용 분리수

나 이제
스무 살이야!

쪽

!

150

기이잉

어서 오세요.

덜썩

가원이 출국이
며칠 안 남아서
쓸쓸하시죠?

고비야!
주문부터 받아야지!

아, 예.

무슨 커피를
드릴까요?

아무거나.

예가체프로 드려라.

오늘따라 커피 맛이
더 쓰네요.

커피는 심리 상태 영향을
강하게 받는 음료입니다.

그런가 봐요.
예가체프라도
소용없어요.

이게 필요하실 겁니다. 위스키예요.

그냥 집에 들어가기 아쉬웠는데 고맙습니다.

고비, 위스키 한 잔 더 줄 수 있나?

물론이죠.

고비는 외국 나가서 커피 배울 생각 없어?

훌륭한 선생님 모시고 있는데 외국에 왜 갑니까.

그렇지….

사장님, 빵도 마찬가지 아닌가요?

정말 우리나라에는 제빵을 배울 곳이 없는 건가요?

우리 제빵도 수준급입니다.

전 우리나라 빵이 세계에서 제일 맛있더라고요.

뉴스를 보니까 유학생들이 차고 넘쳐서 이젠 유학도 득이 되지 않는대요.

제 친구 아들도 한동안 유학파 실업자였어요.

더 이상 유학이 성공 보증 수표는 아닌 거죠.

자수성가하는 사람들 보면 의지가 중요하다는 것을 새삼 느낍니다.

사장님도 독학으로 커피를 배우셨잖아요.

가원이 재능이면 한국에서 공부해도 훌륭한 제빵사가 될 겁니다.

낯선 곳보다는 여기서 배우고 일하면서 인맥을 쌓는 게 훨씬 도움이 될 수도 있어요.

힘들 때 위로가 되는 가족도 옆에 있고요.

맞습니다!

아~ 이제야 해장으로 평양냉면 육수 한 사발 들이킨 것처럼 속이 후련하네요!

여기 위스키 커피 한 잔 더!

방학 때마다… 일본 갔으면 됐지… 뭐 하러 거길 또 가아….

…

아저씨, 괜찮으시겠어요?

취하셨어. 네가 모셔다드리고 와.

다아 지 잘나서
큰 줄 알아요.
갈 테면 가라지.
다아 필요 없어!

뭐어 그리 급하다고
벌써 방을 치워어.
남은 사람 허전하게에….

기이잉

가원아,
무슨 일이야?

아저씨 나빠요!
오빠도 나빠!

아빠가 갑자기 유학을 반대하시잖아요!

아저씨가 한국에서 공부해도 괜찮다고 하셨다면서요?

그… 그랬지. 틀린 말은 아니잖아.

아빠가 한국에서 삼 년 정도 더 공부하고 부족하다 싶으면 그때 유학 가래요!

고1 때부터 설득해서 허락받은 유학인데 이제 와서 말을 바꾸면 전 어떡해요!

도와주지는 못할망정 아빠 마음을 흔들어버리면 어휴~ 실망이야!

도와줬어도 결과는 똑같았을 거다.

네가 어려서 아빠의 마음을 헤아리지 못하는 거라고.

결국 그거였군.
어려서 철이 없어서
유학 보내기 못 미더운 거였어.

언제까지
어린애 취급이야.
내가 왜 유학을
가야 하는지
그 이유를
확실히
알려주지!

허어.

이 좋은 봄날
여기서
뭐 하는 거야?

사람 많은
벚꽃나무
아래보다
이렇게 시간
보내는 것이
더 좋아요.

기이잉

가원이구나. 유학 준비 잘되고 있지?

아니요!

쇼핑백은 뭐니?

제 유학의 이유예요!

턱

아빠, 제 대답은 이거예요!

제가 만든 레어치즈케이크와 애플 크럼블!

와! 여기서도 이렇게 잘 만들면서 일본을 왜 가?

먼저 레어치즈케이크를 카푸치노와 드셔 보세요.

으~
너무 느끼해!

이번에는 애플 크럼블과 시다모 커피.

달콤해서 좋았는데 시다모를 마시니까 흙냄새가 나서 영 별로다.

이제 커피를 바꿔서 드셔 보세요.

페어링!

오호~!

160

레어치즈 케이크와 시다모는 느끼함이 없어지고 뒷맛이 달콤해!

애플 크럼블과 카푸치노도 완전히 다른 맛이고!

이것이 바로 제가 유학을 가야 하는 이유예요!

아빠 말씀처럼 빵, 과자, 디저트 다 한국에서 배울 수 있어요. 하지만 전 페어링의 다양한 세계를 좀 더 보고 느끼고 싶은 거예요. 그래서 일본을 선택한 거고요.

부인할 수 없네요.

가원이는 정말 똑소리 나네요.

일본은 일본 빵뿐 아니라 프랑스 빵도 배울 수 있는 나라죠.

르 꼬르동 블루에서 프랑스 빵을 완벽하게 만드는 나라로 유일하게 일본을 꼽았어요.

르 꼬르동 블루(Le Cordon Bleu): 세계적인 프랑스 요리 학교.

거기에 페어링도 발달했으니 일거양득이다.

한국에서는 불가능한 겁니까?

아직요.

1968년 도쿄에 개업한 '카페 바흐'가 이번에 책을 냈는데 63가지 디저트와 어울리는 커피를 매칭시킨 내용을 담고 있답니다.

그거야 2대커피랑 함께하면…

크루아상에 양상추와 토마토, 스크램블 에그와 로스트 햄, 베리류의 찜과 디종 머스터드를 함께 먹는다면 어떤 커피가 어울릴까요?

…

저라면 버터롤과
초콜릿 풍미가 나는
원두로 만든
아이스 라테를
추천할 거예요.

멋지다!
말만으로도
궁합이 전해진다!

우리 궁합?

디저트뿐이
아니라고요.

커피와 빵은
독립적인 존재지만
앞으로는 결합과 분리의
시대가 올 겁니다!

그것도 아주
섬세하게요.
전 그 준비를
하고 싶어요!

브라보!

짝

짝

짝

짝

미안하다. 가원아.
아빠가 괜한 억지를 부렸다.

먼저 간다.
정리하고 오너라.

기이잉

아빠는?

피곤하다고
일찍 주무셔.
보약이라도
달여줘야 할까 봐.

엄마, 내가 중3 때
만든 티라미수 정말
아빠가 좋아했어?

그럼. 그때 완전히
감동했었지.

요즘도 가끔 카페에서
티라미수를 먹을 때가 있는데
늘 가원이 티라미수가
최고라고 어찌나 자랑하는지….

…

아빠를 위한
마지막 티라미수를
만드는 거야.

오빠,
잘 봐둬.

1.5센티미터
두께로 자른
시트를 깔고….

커피 시럽….

164

커피 시럽은 에스프레소로 해야지. 귀찮다고 봉지커피 쓰면 안 돼.

2대커피는 봉지커피 안 써!

황란 머랭을 만들고.

마스카포네 치즈를 크림치즈 하고 섞어서 중탕….

조금씩 여러 번 섞어.

한 번에 하지 왜?

온도 차 때문에 크림치즈가 덩어리질 수 있어.

그러고 보니 이거 오빠하고 나 사이 같은데… 한 덩어리….

이 고삐리가!

스무 살이라니까!

오빠는 내가 유학 가는데 아무렇지도 않아?

눈물이라도 흘릴까?

유학 다녀와서 두 번째 만남에도 섞이지 않으면 그냥 좋은 동생으로 대해줘.

아빠.

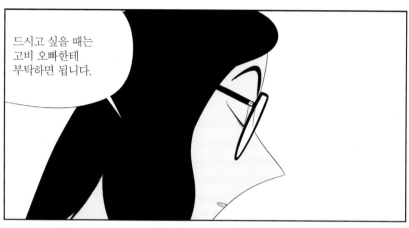

드시고 싶을 때는
고비 오빠한테
부탁하면 됩니다.

컵이 안 보이는구나.
치웠어?

예.

그 잔을 보면서 초심을
잃지 말자고 다짐을 했었는데요.
초심에 자꾸 집착하면
빠른 변화에 적응하지
못할 것 같아서 치웠습니다.

가원이 오늘
출국이지?

예.
지금쯤 공항에
가 있을걸요.

가원아.

네가 만든 티라미수를 먹을 때 우리 딸이 최고의 파티시에가 될 거라 예상했었다. 그런데 막상 떠난다고 하니….

아직도 섭섭해?

아니라면 거짓말이지.

정말 열심히 배우고 많이 경험해서 돌아올게.

힘들고 슬플 때는 주저 말고 돌아와.

나는 네가 보고 싶으면 2대커피 가서 티라미수를 먹을게.

예? 티라미수를 드시고 싶다고요?

2대커피에 말하면 가원이가 만든 티라미수랑 거의 같은 걸 먹을 수 있다더군.

가원이 비행기도 아직 안 떴을 텐데…. 다음부터는 하루 전에 말씀해주세요.

선생님, 티라미수 사러 갔다 와야겠습니다.

그래라.

가원이 아버지가 자주 티라미수를 찾으시면 아예 메뉴에 넣자구나.

하하하.

기이이잉

169

기이이잉

우울함이 어색하다면
티라미수를 드세요.
그러나 심각한 상황이면
티라미수는 금물입니다.
기분이 너무 좋아져서
이상한 사람 취급받을
수도 있으니까요.

36화
코피 루왁

갠 왜 그런 동네로
약속 장소를 잡아서
사람 고생을 시켜.

처음 가는 것도 아닌데
왜 짜증이야.

거기 코피 루왁이
없어서.

그냥 싫으면
싫다고 해라.
별 핑계를 다 대는구나.

거기보다 맛있고
근사한 카페가 얼마나
많은데 굳이 거기로
잡는 것 보면
뻔할 뻔 자지.

맞아.
애인 자랑하고 싶든가,
지가 움직이기 싫든가.

그년은 좋겠다.

너도
애인 사귀고 싶어?

솔직히 말해봐.
애인 싫은 사람
여기 있어?

깔깔깔.

어휴! 왜 이리
꼼짝도 안 해!

빵
빵

기이잉

어서 오세요.
여사님.

저 좀
도와주세요.

No!

에? No?

턱

나는 오늘
손님으로 왔어!

무슨
일이래요?

고등학교 친구
만나는 날인데
곧 여행 떠날
세부 일정
잡을 거래.

여기 물 좀 주세요.
주문은 친구들 오면 할게요.

친구분들이 늦으시나
봅니다. 손님.

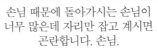
손님 때문에 돌아가시는 손님이 너무 많은데 자리만 잡고 계시면 곤란합니다. 손님.

친구들 도착했어요!

우리 왔다!

늦어서 미안!

차가 밀려서….

요즘 늦은 이유 중 차가 밀려서라는 건 이유도 아니야.

그걸 계산하고 집에서 빨리 나서야지.

10분이면 세상을 바꿀 수 있는 시간인데 20분이나 늦었어!

이런 데서 약속한 건 누군데?

주차장도 없고 발레파킹도 없고.

넌 1분만 늦어도
불이 날 정도로
전화하잖아.

그만들 좀 해라.

너희는 만나기만 하면
으르릉대고 그래.

초반부터
팽팽하네요.

ㅎㅎㅎ

뭐… 메뉴가
저번이랑 똑같아.

코피 루왁이
없어.

저희 카페는 나무에서 얻은
생두만 취급합니다.

증말
길냈어

애인 친구들이 와도
여긴 요지부동이네.

탁

176

그런데 코피 루왁이 그렇게 맛있나요?

개인 취향 문제여서 간단하게 결론을 내릴 수 없습니다.

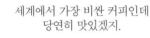

세계에서 가장 비싼 커피인데 당연히 맛있겠지.

비싼 데는 다 이유가 있는 법이야. 맛도 모르면서 가격 비싸다고 욕하는 사람들 이해 안 돼.

이 가게에서 제일 맛있는 드립 커피로 주세요.

그래 봤자 거기서 거기지 뭐.

그나저나 선희가 많이 늦네.

연락해본 사람 없어?

네가 모르면 누가 알아?

지난달에 통화해보고 못 했어.

혹시 깜빡한 거 아닐까?

설마….
약속 하나만큼은
칼 같은 앤데….

그런데 돈은
왜 아직 안 갚아?

또 그 얘기다.
다음 달에 갚는다고
했으니까 기다려 봐.

네가 선희
대변인이냐?

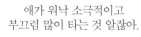

그렇게밖에 말 못해?

솔직히 안 그래? 돈 빌려 갈 때도
네가 전화하고 다음 달에
갚는다는 것도 네가 알려줬잖아.

애가 워낙 소극적이고
부끄럼 많이 타는 것 알잖아.

하긴… 고등학교 다닐 때도
늘 너를 통해서 의사소통했지.

오죽했으면 선희 쫓아다니는
남자도 네가 나서서 정리했겠냐.

됐어. 그 얘기는 그만하고 여행 계획이나 마무리하자.

OK.

그동안 회비 지출 내용을 알려줄게.

안 마셔?

코피 루왁 빼고는 다 시시해.

교통편은 기차로 이동하고 현지에서 차 렌트하고 숙소는 그 리조트로 예약했다.

식사는 어떡할래?

국내 여행인데 지역 별미를 먹어야지.

프렌치 레스토랑 있지?

요새는 지역 식재료를 쓰는 레스토랑 많대.

알았다.
한번 찾아볼게.

그나저나
너희는
왜 그렇게
뜨뜻미지근해?

출발 이 주일 전인데
이러면 어떡해?

뻔하지 뭐. 앤 아직 남편에게
말도 못 꺼냈을 거고
이 새내기 할머니는 손녀 봐야 하니까
또 사위 눈치 볼 거고….

잘됐어!
약속대로 환불은 없다!

말은 해볼게.

나도….

두 명 불참이면
리조트 예약 취소하고
그 돈으로 해외 여행 가자!

선희 의견도
들어봐야지.

불참은 기권이야!

그래도 의견은 들어봐야지!

자꾸 선희 편들래?

그게 아니라….

그게 아니면?

넌 나랑 단둘이 여행 가고 싶냐?

…

풋.

！

지금 손님 대화 엿듣고 있나요?

앗! 죄송합니다.

181

저녁이나 먹으러 가자. 프렌치 요리 잘하는 데 알고 있어.

나는 남편이 일찍 들어온다고 해서 저녁 준비해야 해.

넌 밥 차려 주려고 결혼했냐!

앤 손녀 때문에 안 될 거고….

너는….

다음 최종 결정 때는 여기 말고 코피 루와 마시러 가자!

자, 그럼 모두 안녕.

여행은 유보?

관심 끊으세요. 사장님.

화가 단단히 났나 보네.

코피 루왁 때문에 무시당했잖아!

김 여사님 때문에 코피 루왁 한번 볶으셔야겠네요.

코피 루왁(Kopi Luwak)은 세계 3대 희귀 커피 중 하나. 1년에 400~500킬로그램 정도 생산된다. 코피는 인도네시아어로 커피, 루왁은 긴 꼬리 사향고양이를 말한다. 이 사향고양이가 커피 열매를 먹는데 과육과 과피는 소화되고 커피 씨 즉, 생두는 남아 배설물과 함께 배설된다. 이 과정에서 생두는 침과 위액 등이 섞여서 발효되어 독특한 맛과 향이 더해진다.

요즘은 사향고양이를 사육하면서 생산한다.
사향고양이가 야생에서 살면서 생산한 커피를
'와일드(wild) 코피 루왁'이라 하고 인공적 환경에서 사육으로
생산한 커피를 '프로덕트(product) 코피 루왁'이라고 한다.

코피 루왁은
왠지 푸아그라
느낌이에요.

인도네시아 정부가
보증서도 발행하지만
철창에 갇혀
아라비카 열매만 먹는
사향고양이들 생각하면
마음에 걸려.

우룩

사람들의 끝없는 욕심 때문에
코끼리 커피,
원숭이 커피도 나온대.

굳이 이런 커피까지
찾아야 하는지 원….

여행 준비
잘 돼가?

아니.

또 싸웠어?

가시나들이
다 자기 입장만
내세우니 배가
산으로 갔어.

그렇게 손발이 안 맞으면서
어떻게 친구로 지내왔어?
참 신기해.

불협화음도
화음인가 봐.

응. 그래. 다음 약속 장소 잡았어?
네가 프렌치 요리하는 데
정한다고 했잖아.

지금 여행이
문제 아니다.

응?

잠적한 것 같아.

말도 안 돼. 왜?

뻔하지. 돈 문제.

직접 통화는 해봤어?

아니. 어머님과 통화했는데 시치미 뚝 떼면서 어디로 갔는지 모르겠다고 하시더라.

무슨 사정이 있겠지.

자기 대변인한테도 숨기고 잠적했는데 넌 아직도 선희 편이냐?

안녕.

안녕하세요. 아저씨.

엄마는?

그걸 저한테 물어보시면 어떡해요?

바쁜가?

두 분 싸우셨어요?

싸우긴….

엄마는 요새 선희 아줌마 때문에 정신없나 봐요.

절친이 말도 없이 사라져버렸으니….

무소식이 희소식이 아니었구나.

홀렁

저 그럼 가볼게요.

아저씨, 뭔가 찜찜한 일 있으면 먼저 사과하시는 건 어때요? 엄마는 솔직한 거 좋아하잖아요.

엄마는 아저씨 커피에 중독돼서 어디 멀리 도망도 못 가요.

허참. 그건 맞는 말인데 내가 뭘 사과해야 하지?

여보세요.

선희!
선희구나!

딩동

딩동

301

덜컹

선희야!

쉿!

301

누구 따라온
사람 없지?

얘는….

덜컹

누구 집?

임시 거처야.

어떻게 된 거냐?

미안해.

그 말 들으려고 온 거 아니야!

남편이 사채까지 얻어 쓴 줄 몰랐어.

그래서 연락도 없이 숨은 거니?

무서웠어.

애들은?

흑!

선희야, 울지 마.

알았어. 응응.

애들은 다 알지?

응.

해외 거래처 결재가 늦어져서 이렇게 된 거니까 조금만 기다려 달라고 전해줘.

그나저나 여행은 어쩌니?

별걱정 다 한다!

너 없이는 안 가!

자, 받아.

툭

이러지 마!

안 받으면 너랑 나랑도 끝이다!

고맙다.

친구 맞네.

한 가지 부탁이 있어.

뭔데?

나 원두커피 좀 마시게 해줘. 들킬까 봐 사람 많은 곳에 못 가.

…

애들한테 어떻게 이야기 해야 할지 막막하네.

당신이 주선했으니까 더 난처하겠구먼.

개인당 천만 원씩
빌려달라고 하길래
모두 그렇게 했는데….

친구 사이에
금전 거래 하는 게
아니라고 하더니만
괜한 짓 했나봐.

선희 씨 말대로
곧 해결된다니까
친구들 잘 설득해봐.

갈게.

같이 걸을까?

말이라도
고마워.
그리고…

코피 루왁 때문에
화내서 미안해.
진심이야.

감사와 사과를 동시에
받으니까 혼란스럽네.

참! 질문이 있는데….

얼마든지.

내가 부탁하면
코피 루와 볶아줄 거야?

아니!

솔직해서 좋네.

솔직함은 적어도
일을 키우지는
않더라고.

그런가?

방금 당신한테서 배운 거야.

왔다!

선희 어디 있어?

돈은 언제 갚는대?

진짜 잠적한 거야?

어쩜 좋아! 남편이 알면 큰일인데….

친구랑 돈거래 하고 해피엔딩을 못 봤어!

말 좀 해봐!

무슨 말?

보고 왔을 것 아니야!

네가 뭐래도 상관없다! 난 무조건 제날짜에 돈 받아야 해!

선희랑 만난 거야? 통화만 한 거야?

지금 감싸고 있다고 해결되는 게 아니잖아!

뭔가 숨기고 있구나!

남편 회사 부도?

부도 아니면 도박일 수도 있겠다! 마카오도 자주 들락날락 하더구먼!

일단 네가 갚아!

내가?

네가 선희 딱하다고 돈 빌려주자고 했으니까!

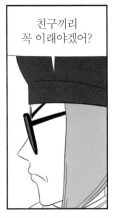

친구끼리 꼭 이래야겠어?

포기하라고? 부자라고 천만 원을 십만 원처럼 쓰는 거 아니다!

나 이러다 이혼당하면 책임질래?

에구~ 자기 혼자도 모자라서 이제 친구까지 이혼시키려고 작심했나 보구나!

나쁜 년!

그 말은 좀 심했다.

그냥 가면 어떡해?

난 그 돈 안 받기로 마음먹었으니까 돈을 받든 이자를 받든 알아서 해.

그리고 너!

돈 때문에 이혼 걱정한다면 그냥 혼자 사는 게 나아!

뭐야?

너!

난 왜?

넌 평생 아쉬운 소리 안 할 것 같지? 여기서 네가 제일 나빠!

그리고 너!

난 듣고 싶지 않다!

할 얘기도 없다!

♪♬♪

나야. 선희.

왜?

원두하고 드립세트 좀 갖다 달라고?

응. 그리고 애들은 만났어? 화내고 난리 났지?

궁금하면 네가 전화해봐. 무서우면 평생 숨어 살고!

이럴 줄 알았다니까.
궁상은….

어쩐 일?

그렇게 화내고 가니까 기분이 좋더냐?

쉬러 온 거야. 시비 걸 거면 그냥 가!

그럴 수 없지. 너한테 시비 걸 사람 두 명 더 있다.

히히! 여편네들끼리 바다 보면서 맥주 한 잔 하는 것도 괜찮다아!

반찬?

냉장고에 있는 거 챙겨 먹던지 귀찮으면 시켜 먹어! 몰라! 끊어!

으이그!
속 시원하다!

손주 봐달라고?
너희만 주말 있고 나는
주말 없냐! 내가 네 종이야!

깔깔깔!
까르르르!
쿤타킨테가 노예에서
해방되는 날이다!
획

그런데 너 진짜
나한테 할 말 없었어?
!

넌 말이지!

그래 말해봐!

네가 커피 안 갖다 줘서 마시러 왔어.

흑!

선희야~

미안하다! 울지 마!

이럴 때 쓰려고 준비한 게 있지.

쿵

읔! 실내 선글라스는 익숙치 못해

자! 여기 코피 루왁!

드디어 마셔보는구나!

영화 '버킷리스트'에도 나오지!

꼴꼴꼴

여보, 미안해! 나만 이런 것 마시네….

또! 또!

이거
무슨 냄새니?

코피 루왁
특유의 발효취.

이거 정말
맛있는 거냐?

에잉! 이런
애들한테 루왁은
낭비라니까!

선희야,
맛있지?

응. 맛있어.

그리고 얘들아
미안하다. 남편한테서
연락이 왔는데 곧
숨통이 트일 것 같아.

괜찮아. 괜찮아.

아무 걱정하지
마라.

응. 맞아.

고양이 응가에서
빼냈다는 생각을
지울 수가 없네.

솔직히 봉지커피가
더 좋다.

이리 내놔!
이게 한 잔에
얼마인데!

난 2대커피가
더 좋아.

어이구.
어련하시려고.

아예 싸 들고
들어가라.

커피가 무슨 상관이냐.
친구들이랑 함께
커피 한 잔 마시는
이 순간이 중요한 거지.

우리는 친구들과 어울리면서 여러 가지 맛을 알게 되지.
기쁨의 맛, 슬픔의 맛, 분노의 맛, 후회의 맛 같은 것들 말이야.
그런 맛들이 모여서 삶의 맛을 이루게 되는 거야.
한마디로 단정할 수 없는 커피의 맛처럼.
-《행운의 절반 친구》, 스탠 톨러 -

◈◈◈ 37화 ◈◈◈
바리스타의 사랑

뭐 마실래?

저 남자
바리스타 어때?

내가 찍었어!

어머나.
너 미쳤구나.

왜 미쳐?

우리 나이
서른이 넘었어.

멋 따질 때가 아니지.
실리! 실리!
학벌 보고 배경 보고
장래성 보고.

투자 전문가가 겉만 보고
미래를 투자하겠니?

내가
소개해준
사람 있잖아.
포르쉐911
타고 다니는.

난 많은 걸
가진 사람은
매력 없어.

하긴 네
투자 방식이
좀 황당하고
공격적이지.

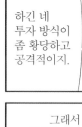
그래서
실패한 적 있냐?

없지만 불안해.

가원이 생각해?

쿵

내가 있을 테니까 산책하고 와.

아녜요.

선생님 첫사랑 얘기해주세요.

뜬금없이….

설마 김 여사님이 첫사랑은 아니었겠죠?

하하. 한때는 나도 인기남이었어.

그런데 왜 독신이세요?

그럴 수밖에 없었지.

내가 커피를 배울 때는 카페나 바리스타에 대한 개념이 희박했어.

커피 만드는 사람이면 다방 안 밀폐된 공간에서 일하는 사람으로만 알았으니까 장가갈 수 있었겠어?

속상하셨겠어요.

좋아하는
일이었으니까
오늘까지 온 거지.

커피와 김 여사,
그리고 사랑….
난 시방 이것만으로
흡족하다.

사장님,
내일 뵙겠습니다.

덕준아, 요새
별일 없지?

예?
손님한테서
클레임 들어
왔습니까?

213

그럴 리가….

네가 열심히 하니까 혹 스카우트 제의 없었냐는 거지.

그런 것 없습니다. 사장님.

월급 많이 못 줘서 미안하다.

에이. 사장님처럼 잘해주시는 분 안 계세요.

내일부터 테스팅 도와줄래?

정말요?

납품 의뢰 블렌드를 구상 중인데 뭔가 허전한 것 같아서 네 의견이 필요해.

감사합니다! 사장님! 열심히 하겠습니다!

내일 보자.

홱

왜 자꾸 쫓아와요?

어머! 카페 바리스타님 아니세요? 이런 우연이···.

지유 씨라고 했죠? 명함 다시 가져가세요.

척

제 명함 갖고
계시네요!

이 주 전에
준 건데
절반의
성공?

가져가라니까요!

전 준 건 돌려받지
않아요.

여기 놓을 테니까
챙기든지 말든지
맘대로 하세요!

벌써부터
밀당이야.

하긴 내 조건이
부담되긴 하지.

싱글 벙글

이유 없이 생글생글 웃는
이유는 한 가지밖에 없지.

고비 씨,
질문 있어요.

하시죠.

바리스타들은
여자에
관심 없어요?

예? 제가…
지유 씨한테요?

에이. 니는
골키퍼 있으면
공 안 차요.

가원이와 내
소문이 좌악
퍼졌군.

사모님은 사윗감으로
바리스타를 어떻게
생각하세요?

난 상관없지만
대개의 엄마들은
반대일 것 같은데.

이유는요?

일단 보수가
약해.

제가 많이
버니까 돈은
상관없어요.

커피로
성공하는 사람은
극소수고….

그건 어느 분야건
마찬가지죠.

어쨌든
부모들이
보기에
안정적이지
않지.

그래서
바리스타들끼리
결혼하거나
로스터와
바리스타 부부가
많아요.

실제로 집안의
반대 때문에
상처받은
선배들도 많죠.

여자친구가 제과제빵을 해서 고비 씨는 좋겠다.

허~ 진도가 빨라. 이러다 부부 될라.

어쨌든 제 남자친구로 바리스타를 낙점했습니다!

누군지는 몰라도 이런 아가씨 구애받으면 엄청나게 부담 느낄 거야.

동감이요.

그 사람 어디가 좋아서?

커피가 마음에 쏙 들었어요.

2대커피보다 더요?

요만큼 더!

탁

사람 난처하게
만드는 게 취미십니까?

설마요.
커피 참 맛있어요.

이런 수준의 커피는
우리 카페 말고도
쉽게 찾을 수 있습니다.

자신의 커피에
자부심이 없군요.

사장님도 이 사실을
아시나요?

!

무슨 문제라도 있으신지요?

아…

아닙니다. 사장님.

문제 있습니다. 사장님.

저는 덕준 씨랑 사귀고 싶은데 자꾸 저를 외면합니다.

사장님께서 기회를 만들어주세요.

남의 직장에 와서 이게 무슨 짓입니까?

그러기에 진작 만나줬으면 됐잖아요.

제게도 원칙이 있습니다!

무슨?

손님과는 연애하지 않는다!

아고~ 궁색하기는~ 저 피하는 이유 다 알아요. 예쁘고 돈 잘 벌어서 부담되는 거지요?

그럴 필요 없어요. 그딴 게 뭐 중요해요?

2016년도 최저 임금이 얼마인 줄 알아? 6,030원이야.

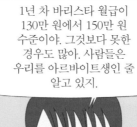

1년 차 바리스타 월급이 130만 원에서 150만 원 수준이야. 그것보다 못한 경우도 많아. 사람들은 우리를 아르바이트생인 줄 알고 있지.

어머! 예상보다 적긴 하네.

4년 차인 나도 200만 원 겨우 넘었어.

난 여자 만날 생각 없어!

한번 만나봐요. 나 생각보다 괜찮아요.

당장 결혼하자는 것도 아닌데 뭘 그렇게 겁먹어요?

돈 많고 집안 빵빵한 사람 만나!

난 명품 가방 사줄 능력 안 돼!

당신의 애완견 될 생각 없어!

바리스타들은 다 이렇게 꽉 막혔어요?

그… 그건 모르겠어.

저 정말 커피 좋아해요. 그것만으로도 사귈 자격이 충분하지 않아요?

223

그럼 커피랑 결혼해!

그런데 왜 갑자기 반말이에요?

손님으로 오면 존댓말 쓸게!

아니요. 그러지 말아요. 반말하니까 더 가까워진 것 같아서 좋았어요.

쿵

후룩

어때? 봄 날씨에 어울리게 상큼하고 통통 튀는 분위기를 표현하는 것이 목표다.

뭔가 부족한데….

빨리 잡아야 하는데 어후~

남미 쪽 생두를 추가해서 단맛을 올려볼까요?

고생했다. 그만 퇴근하자.

쿵 쿵 쿵

덕준아.

너 처음 왔을 때 그라인더 브랜드가 각각 달라서 고생했었지?

거의 죽음이었죠. 그래도 사장님이 도와주셔서 적응을 빨리 할 수 있었습니다.

그건 네가 변명 대신 고민을 털어놨기 때문에 가능했던 거야.

어머. 그 카페가 그렇게 대단한 곳인가요?

일단 종로에서 10년 넘게 한자리를 지키고 있는 카페라면 뭔가 특별한 점이 있다는 거지요.

그 카페는 바리스타들의 사관학교라 불릴 만큼 훌륭한 인재를 많이 배출했어요. 그곳을 거쳐 간 바리스타들만 50명에 가까우니까 어마어마한 네트워크인 거죠.

어우~ 선배들이
자리를 탄탄하게
잡고 있으니까
든든하겠다.

맞아.
카페 안의
수많은 상패들!

그리고 거기는
블렌드가 좋아요.

요새 대세는
싱글오리진이잖아요.

싱글오리진은
단일 원두로도
충분한 맛을 내니까
그렇게 마시는 거고요.
블렌드는 창조라고
할 수 있어요.

두세 가지 원두를
섞어서 자신이
원하는 맛을
찾아내는 거지요.
위스키나
와인처럼.

그래서 블렌드는
카페의 수준을 알 수
있게 해서 카페의
꽃이라고도 하죠.

블렌드에 그런 의미가….

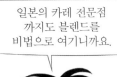

일본의 카레 전문점
까지도 블렌드를
비법으로 여기니까요.

아~ 사랑은
블렌드 커피만큼
복잡한가 봐요.

또 왔어요.

!

정말 선배를
좋아하나 봐요.
내가 남자라면
사정해서라도 데이트
해보겠는데….

그럼
네가 만나.

여기요~!

야! 가봐!

난 저쪽 손님
쪽으로 갑니다.

228

그놈….

부르셨습니까?

아메리카노 주세요.

저도요.

아메리카노 블렌드가 참 좋더라고요.

감사합니다.

여기는 싱글오리진으로 주세요.

포르쉐911!

커피는 싱글오리진으로 드세요.

이탈리아 가면 어떤 커피 드세요?

당연히 에스프레소죠.

이탈리아 에스프레소용 원두는 다 블렌드라고 하던데요.

발랄 통통 매력은 여전하십니다. 제가 불편합니까?

마침 근처에 오셨다길래 커피 한잔 하자고 했어.

그럼 빨리 마셔야지!

덜컥

앗 뜨거!

괜찮으세요?

오우~
오우~

아무 경고나
주의 없이
커피를 이렇게
뜨겁게 주면
어떡해욧!

태원아, 찬물 좀
가져와 빨리!

미국 햄버거 체인점에서
뜨거운 커피에 입을 덴
할머니가 소송으로
얼마를 받았는지
알아요?

죄송합니다! 일단
사과드리겠습니다!
소송을 원하신다면
그 또한
받아들이겠습니다!

바리스타는
자기 커피에
책임을 집니다!

231

뭐라고! 지금
막 나가자는 건가!

괜찮아요.
찬물 마시면 돼요.
아~ 따가워.

잠깐만요.

이거 발라요.

다치니까
관심을 갖네요.

손님이니까요.

아까 사나이다웠어요.

바리스타는 자기 커피에 책임을 집니다!

거짓말 아닙니다!

그럼 소송 대신 저녁 어때요?

그럼 이만 매장에 들어가겠습니다.

아~ 따가워! 이거 발라주고 가요! 내 입안을 볼 수가 없잖아요!

TAKE OUT
2000 D/C

어때?

생두 조합으로는 딱 맞는데 이상하게 그 느낌이 안 나네요.

그 여자 손님은?

제가 알아서 하겠습니다.

그 정도면 A++급 아니냐. 만나봐.

솔직히 백지윤 선배 때문에 주저하게 됩니다.

여자 쪽 집안 반대로 상처받고 결국 바리스타도 포기했잖아요.

그건 그거고 이건 이거다!

사랑이 다 똑같으면 재미가 없잖아!

사장님, 저 일주일만
휴가 주세요.

!

툇

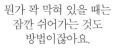

뭔가 꽉 막혀 있을 때는
잠깐 쉬어가는 것도
방법이잖아요.

블렌드 얘기냐?
여자 손님 얘기냐?

저기요.

예.

덕준 씨는?

몸이 아파서
하루 쉬신대요.

다음 날

집안에 일이
생겼다고….

또 다음 날

저… 그게….

또각

또각

또각

사장님!

저 때문에
덕준 씨
잘랐지요?

아뇨.

아니긴요.
삼 일째
안 보이는데요!

휴가 갔습니다.

휴우~ 다시
돌아오는 거죠?

걱정 말아요.

왜 걱정 말래요?

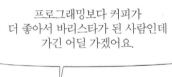

프로그래밍보다 커피가
더 좋아서 바리스타가 된 사람인데
가긴 어딜 가겠어요.

원래
프로그래머였어요?

예. 그것도 아주
잘나가는….

터질 것 같은 머리 식히려고 떠난 여행에서도 자꾸 커피 생각이 나서 결국 컴퓨터 아웃! 에스프레소 머신 인!

아~ 어쩜 좋아~

덕준 씨 더 매력적이에요~.

아무튼 다행이에요. 전 이만….

잠깐만요. 덕준이가 왜 좋은 거죠?

사랑하는데 꼭 이유를 따져야 하나요?

진짜 덕준이 자를까요?

제가 무모해 보이세요?

아니라고 할 수는 없네요.

단순히 흥미로 그러는 거라면
그만 흔드세요.
그런 경우 많이 봤거든요.

바리스타가
안정되지 못하면
피해는 다른
손님한테 가지요.

오너로서
용납할 수
없어요.

저는 음식 맛없는 건
참아도 커피 맛없는 건
못 참아요.

커피가 맛있으면
맛없는 음식도
용서할 수 있어요.

그래서요?

인간은 평생 먹는 데
15년의 시간을 사용한대요.
덕준 씨가 만들어준
커피가 있으면 적어도
기본 15년 동안은 행복하게
살 수 있는 겁니다.

이 정도면 승부를
걸어볼 만한 거
아닌가요?

239

이번 블렌드 어떡할까요? 의뢰 마감일이 코앞입니다.

한 달에 300킬로그램 보장하고 우리 매장에서 자체 상품으로 판매 가능하다는 조건, 쉽지 않은데….

아쉽지만 포기하자!

완전하지 못한 커피를 손님 앞에 내놓을 수 없잖아!

사장님, 해결책이 있습니다!

왔어? 아주 쌍으로 난리구나!

제 생각에는….

신기하게
그 느낌이 나네요!

음!

문제점을
어떻게 안 거야?

말로는 표현이 가능했지만
상큼하고 통통 튀는 봄의 느낌을
우리 모두 몰랐던 겁니다.

느낌을 모르니까
실체에 접근할 수
없었던 거죠.

하기야 나도 이곳에
꼼짝하지 않고
박혀 있어서
봄을 잊고 있었어.

그것보다
연애한 지 오래돼서
공감이 없던 거죠.

...

그런데 너는
어떻게 알았지?

고민을 해결하니까
길이 보였습니다.

아무튼 약간만
보완하면 될 것 같은데
납품 거절되면
자체 진행해보죠.

그래.

블렌드 이름은 뭐로 할까요?

생각난
것이 있어.

아메리카노요.

덕준 선배가
따로 대접할
커피가 있다고
주문받지
말라고
했습니다.

!

드시죠.

잘 지냈냐는
인사도 없어요?

도대체 어디서
뭘 한 거예요?

커피가 뜨거우니
원샷하면
안 됩니다.

새로운
블렌드로 내린
커피입니다.
마음에
드십니까?

휴가 동안 뭘 했는지
알겠어요.

제 생각만 했네요.

블렌드 커피는 만든 사람의 의도를 파악하기 위해
맛과 향을 천천히 음미하면서 마셔야 한다.
상상하고 느끼고 공감하고….
이것이 블렌드 커피의 진정한 묘미다.
사랑이 그러하듯….

〈커피 한잔 할까요?〉의
작업실을 공개합니다.

허영만이 즐기는 일상의 커피

"하루를 시작하기 전에 마시는 커피 한 잔도 좋지만,
마음이 맞는 친구들과 함께 여행을 하며 즐기는 커
피는 더욱 소중하다."

"깨끗하고 꽃과 돌담이 예쁜 섬,
손죽도에서."

"예전과 달라진 점이 있다면 이제는 여행을 떠날 때
커피를 꼭 챙긴다는 점이다."

"물과 공기가 좋은 곳에서는 술을 마셔도 취하지 않
는다는 말이 있는 것처럼, 커피도 물과 공기가 좋은
곳에서 마시면 더욱 풍부한 맛과 향을 느낄 수 있는
것 같다."

"여행에서 마시는 커피는 그때그때 기분에 따라 다르다. 아예
본격적으로 드립을 하여 마시기 위해 장비(?)를 챙길 때도 있
지만 간단한 티백 원두나 믹스 커피만으로도 충분하다."

"물을 끓이고 커피를 우리는 잠깐의 시간, 그 기다림의
시간이 커피를 마실 때보다 더욱 설렐 때가 있다."

"아름다운 풍경, 마음이 잘 맞는 친구, 거기에 커피
한 잔이 더해진다면 더 바랄 게 없지 않겠는가!"

31화
〈로부스타〉 취재일기

전 세계에서 상업용으로 재배되는 커피 품종은 코페아 아라비카(C. Arabica)와 코페아 카네포라(C. Canepora) 딱 두 가지다. 전자는 아라비카고 후자는 로부스타(Robusta)로, 리베리카(Liberica) 품종도 있기는 하지만 생산량이 극히 적으므로 큰 의미는 없는 품종이다. 참고로 우리가 잘 아는 블루마운틴, 코나, 자바, 모카, SL34, 문도노보, 카투아이 등은 아라비카에 속하는 품종이다.

아라비카와 로부스타의 생산량은 7:3 정도로 아라비카 비율이 월등히 높으나 까다로운 재배 조건과 병충해에 약한 특성 때문에 공급이 불안정하다는 치명적인 단점을 갖고 있다. 이에 비해 로부스타는 저지대 재배가 가능하고 병충해에 강하며 재배 면적당 생산량이 아라비카에 비해 2배 정도 높기 때문에 한때 역병과 가뭄으로 심각한 위기에 처했던 아라비카의 과거를 염두에 두면 "앞으로 로부스타의 시대가 올 것이다"라는 말은 과장으로 들리지 않는다.

두 품종 간의 교배를 통해 아라비카의 단점을 보완한 품종들도 있으나 아직 그 성과는 미미하다. 오히려 싱글오리진으로서의 가능성을 보여주는 로부스타 생두들이 등장하고 있어 로부스타의 가치는 더욱 상승할 전망이다.

극 중 유태식 작가의 실제 인물은 윤태호 작가며, 친구이자 라이벌로 등장하는 김용휘는 김용회 작가다. 두 작가 모두 화실 문하생 출신으로 윤태호 작가가 선배며 막역한 선후배 사이로 '다음 웹툰'에서 왕성한 작품 활동을 하고 있다. 극과 현실에서 동일한 설정은 두 작가의 작업실뿐이다.

32화
〈커피 친구〉 취재일기

미국 FDA 등 여러 단체에서 하루 한 잔의 커피 즉, 200~400밀리그램 정도의 카페인은 태아에게 아무런 영향을 주지 않는다고 발표했으나 대다수의 산모들은 태아에게 악영향을 미칠 수 있다는 불안감 때문에 커피를 마시지 않거나 줄인다. 실제로 권장량 이상의 카페인을 꾸준히 섭취할 경우 철분의 흡수를 방해해서 산모와 태아 모두 빈혈의 위험에 노출되며, 이뇨 작용으로 인해 수분과 칼슘을 몸 밖으로 배출하는 부작용이 생길 수도 있다. 그러니 아예 입에 대지 않는 것이 속 편한 셈이다.

그럼에도 커피 생각이 간절하다면 대체품을 찾는 것도 방법이다. 카페인을 인공적으로 뽑아낸 디카페인 커피(Decaffeinated Coffee)나 치커리, 민들레, 흑 콩, 현미 등의 커피도 대체품으로 모자람이 없다. 치커리 커피는 19세기 커피 공급의 불안정으로 폭등한 커피 가격에 대응하기 위해 탄생한 대체 커피로, 치커리 뿌리를 말려 볶아 만든 커피다. 맛도 커피와 비슷해서 유럽 전역에서 급속도로 퍼져나갔으며 바다 건너 미국까지 진출해 남북 전쟁 당시에 군인들의 필수품으로 자리 잡았다고 한다. 이웃 나라 일본에는 대체 커피가 실로 다양하고, 최근 우리나라에서도 민들레 커피 등을 손쉽게 구할 수 있다.

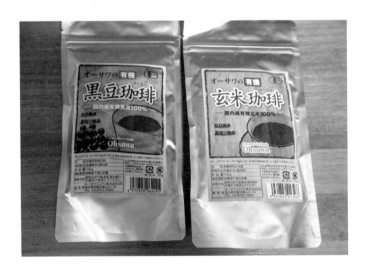

콜롬비아 라우리나(Laurina)는 태생 자체가 카페인이 적은 품종으로, 일반 커피에 비해 카페인 함량이 1/10 수준이다. 천연 디카페인 커피로 경쟁력이 뛰어나지만 안타깝게도 생산량이 적은 희귀종으로 고가에 거래된다. 로스팅 역시 까다로운 축에 속하여 여러모로 맛보기 힘든 커피로 통한다. 태양왕 루이 14세가 하루 스무 잔 이상 마신 커피라는 설도 있으나 확인할 수는 없는 이야기다.

33화
〈3주의 기다림〉취재일기

최근 '갓 볶은 신선한 원두' 열풍이 심상치 않다. 이는 커피 맛과 향의 핵심을 신선함에 두려는 업계의 주요 마케팅 전략이다. 물론 틀린 이야기는 아니지만 절대적인 이야기라고도 할 수 없다.

먼저 '갓 볶은 원두'가 맛을 보장해주는 것은 아니다. 생두를 볶아 바로 마시면 원두 안에 남아 있던 이산화탄소가 원활한 추출을 방해해 안정적인 맛을 기대하기 어렵다. 그래서 로스팅 후에는 이산화탄소를 빼내는 과정인 디게싱(degassing)이 필요하며 볶은 지 하루 정도면 30~40퍼센트의 이산화탄소를 방출하게 된다. 그렇다고 이산화탄소가 커피의 맛과 향에 나쁜 영향만 주는 것은 아니다. 밖으로 배출된 이산화탄소는 원두와 산소의 접촉을 막아 산화를 지연해주며 추출 시에는 맛 성분을 배출하는 매개체 노릇도 한다. 보통 디게싱 후 3~5일이 지난 시점이 가장 맛있다고 하나, 이 역시 배전도(로스팅 강도)와 보관 방법 등 여러 변수에 따라 한 달까지 맛과 향이 유지되기도 한다. 이웃 나라 일본의 경우 1~2년 장기 숙성 원두가 고가에 거래되기도 하니 '갓 볶은 원두'가 커피의 맛을 보장한다는 말에는 오해의 소지가 있다.

이산화탄소가 원두에서 모두 빠지는 순간을 산패라고 하며, 드립커피를 만들 때 부푸는 정도에 따라 이산화탄소의 유무를 확인할 수 있다. 부풀어 오르지 않는 원두는 '갓 볶은 신선한 원두'에서 한참 벗어나지만 그렇다고 '시간이 지난 오래된 원두는 맛과 향이 좋지 않다'는 의미로 해석하면 안 된다.

'The last drop'이라는 말은 인스턴트커피로 유명한 모 기업의 홍보 문구다. 이는 '마지막 한 방울까지 맛있다'라는 뜻을 강조하기 위한 말로, 최근 로스터리 샵들의 화두이기도 하다. 원두를 구매하는 손님들의 재구매를 유도하기 위해서는 마지막 한 잔까지 그 맛을 유지해야 하기 때문이다.

마지막 한 잔의 시기는 손님마다 다르므로 유명 카페들은 대략 원두의 유통기한을 3주까지로 잡고 로스팅을 한다. 평균적인 손님들의 구매 패턴을 분석했을 때 원두의 맛과 향이 3주까지 유지되면 재고 관리와 카페 운영에 상당한 도움이 된다고 한다.

34화
〈코르타도〉 취재일기

시쳇말로 외국 물 좀 마셨다는 사람들의 공통된 의견이 하나 있으니 바로 국내 카페 메뉴 중 유독 "라테가 맛이 없다"는 것이다. 이는 원두나 추출의 문제라기보다 우유의 차이로 발생하는 문제다. 우유가 들어가는 대표적인 메뉴가 라테이기 때문에 당연하게도 우유의 질과 맛은 라테의 맛과 직결된다.

외국의 경우 다양한 종류의 우유를 선택해 라테를 만들지만, 국내에서 라테에 사용할 수 있는 우유는 한두 종류에 지나지 않는다. 이 말은 우유 선택권이 거의 없다는 의미이며, 조금 까탈을 부려 유기농 우유라도 사용하면 그만큼 라테 한 잔의 값이 상승하게 마련이다. 따라서 '라테가 맛이 없다'는 말에는 조금 억울한 감이 있다.

나는 오히려 이런 제한적인 상황에서 수준급의 라테를 선보이는 카페와 바리스타들의 노력에 박수를 보내고 싶다. 우유를 사용하는 카푸치노 등의 다른 메뉴도 마찬가지다.

지난겨울 뉴욕 맨해튼 출장 때, 강성원 사장이 운영하는 '페니레인(Pannylane) 커피'에 방문할 기회가 있었는데 그때 처음 접한 메뉴가 '코르타도'였다. 코르타도는 이탈리아 이외의 지역에서 생겨난 몇 안 되는 베리에이션 음료다. 스페인 마드리드에서 탄생했으며, 이탈리아의 에스프레소보다 추출 시간이 길고 맛이 더 연하다. 에스프레소 양은 30밀리리터 정도고, 동일한 양의 우유 거품을 넣어 만든다.

한편 강성원 사장은 1989년 뉴욕으로 도미하여 패션디자인을 전공하고 관련 분야에서 18년 간 근무하다 우연히 맛 본 스페셜티 커피 한 잔의 강렬함에 이끌려 2013년 UN 본부 근처에 '페니레인 커피'를 개업했다고 한다. 페니레인 커피는 '스텀타운(Stumptown)' '카운터컬처 (counter-culture)' 등 미국 내 유명 로스터리 숍들의 원두를 바탕으로 추출 전문 카페로 운영되고 있고, 북유럽의 수준 높은 원두도 만날 수 있는 곳이다. 개업 2년 만에 확고한 기반을 다진 강 사장은 현재 2호점, 3호점에 대한 밑그림을 그리고 있으며 5호점 이후에는 로스팅까지 영역 확장을 꿈꾸고 있다.

35화
〈티라미수〉 취재일기

티라미수(Tiramisu)는 이탈리아를 대표하는 디저트 중 하나다. 티라미수는 '기분이 좋아진다'는 뜻으로 '끌어올리다' 또는 '끌어당기다'의 '티라레(tirare)'와 '나'를 뜻하는 '미(mi)', 여기에 '위'를 나타내는 '수(su)'가 합쳐진 말이다. 직역을 하면 '나를 끌어 올리다', 의역을 하면 '기분이 좋아진다' 또는 '힘이 난다' 정도의 의미로 해석된다. 에스프레소, 마스카르포네 치즈, 설탕 등 재료의 면면을 보면 이보다 더 잘 어울리는 이름도 없는 듯하다.

티라미수의 유래로는 몇 가지 설이 있으나 1970년대 캄페올 부부가 운영했던 베네토 주의 트레비소의 '레 베케리'라는 레스토랑에서 탄생했다는 설이 가장 설득력 있다. 17세기나 19세기 중반 탄생설은 당시 재료나 냉장 시설 등의 수준을 감안할 때 현실적으로 어려우며 또한 동시대 다른 어떤 기록에도 등장하지 않기 때문에 설득력이 떨어진다. 티라미수는 1980년대에 이르러 잡지 등에 언급되기 시작하는데 이후 이탈리아를 넘어 세계적으로 사랑받는 디저트로 자리 잡게 되었다. 그러나 티라미수에 대한 갑론을박은 여전한 상태며 원조 논란도 끊임없이 제기되고 있다. 이 모든 논쟁은 그야말로 '그 놈의 인기' 탓이다. 참고로 '레 베케리' 티라미수 레시피에는 술이 안 들어가지만 알코올이 첨가된 티라미수는 또 다른 묘미를 선사한다.

36화
〈코피 루왁〉 취재일기

코피 루왁(Kopi Luwak)의 '코피'는 '커피'를 뜻하고, '루왁'은 '사향고양이'의 인도네시아 이름이다. 사향고양이는 작은 조류부터 곤충, 과일 등을 먹는 잡식성 동물로, 잘 익은 로부스타나 아라비카 열매도 먹는다. 이때 커피 열매의 외피는 소화되고 생두는 그대로 숙성, 발효되어 배설물로 배출되는데 그 배설물에서 생두만 골라 물에 씻어 건조한 것이 바로 코피 루왁이다. 한마디로 사향고양이의 배설물 커피라고 할 수 있다.

사향고양이가 발달된 후각으로 잘 익은 고품질의 커피 열매를 먹고, 소화 과정에서 독특한 향미와 풍미가 발현되면서 여느 생두가 가질 수 없는 코피 루왁만의 특징이 탄생된다.

호기심을 자극하는 이 커피는 야생 사향고양이의 배설물에서 채취할 수 있는 생두 양의 한계 때문에 고가에 거래되고 있다. 각종 매체나 영화에서 코피 루왁을 희귀한 커피로 거론하면서 그 수요는 더 많아졌고, 이 수요에 대처하기 위해 사향고양이를 잡아 가둬 사육하는 등의 부작용이 발생했다. 사향고양이를 좁은 케이지에 가두는 것, 오직 아라비카 커피 열매만을 먹이는 것, 항생제를 남용하는 것 등이 비윤리적인 문제로 제기된 것이다. 이에 인도네시아 정부는 인증제를 도입했으나 그 효과에는 여전히 의문이 남는다.

코피 루왁의 인기는 또 다른 폐해를 낳았는데 코끼리, 다람쥐똥 커피 등의 유사 상품이 생겨났다는 점이 바로 그것이다. 이는 인간의 욕심이 불러일으킨 재앙이다. 현재 야생 사향고양이의 코피 루왁은 '와일드(wild)'로, 정부가 인증한 사육 사향고양이의 그것을 '프로덕트(product)'로 표기하여 유통시키고 있으나 근본적인 문제가 해결된 것은 아니다. 다시 한 번 윤리적 소비에 대한 인식 재고가 시급하다.

37화
〈바리스타의 사랑〉 취재일기

'바리스타'란 카페의 바에서 근무하는 사람을 뜻한다. 바텐더와 구분하여 커피를 만드는 전문가라는 의미를 담고 있다. 최근 외국의 유명 바리스타들의 미디어 노출 등으로 호감도가 상승한 듯 보이지만 겉에서 보이는 모습만이 전부는 아니다.

기본적으로 바리스타의 업무는 노동 강도가 세다. 하루 종일 서 있어야 하는 것은 물론이고 사람을 상대하는 일이라 정신적인 피로도도 상상을 초월한다. 에스프레소와 각종 기구를 반복적으로 사용하는 탓에 손목과 어깨 쪽에 무리가 많이 간다. 바리스타들이 병원을 들락날락한다면 십중팔구 이 부위의 치료가 목적이다. 사회적 인식도 넘기 힘든 벽이다. 다방과 동급으로 취급하는 분위기는 많이 사라졌으나 여전히 직업으로서의 바리스타를 꺼리는 경우가 많다. 이런 시선 때문에 특히 결혼 적령기인 바리스타들이 가슴앓이를 많이 한다. 커피 관계자들 중 바리스타끼리 또는 바리스타와 로스터 커플이 많은 이유도 바로 이 때문이다.

바리스타란 당신이 꿈을 좇아 인생을 걸 듯, 커피 한 잔에 인생을 건 사람일 뿐이다. 시급이나 월급 그리고 근무 환경 등의 문제는 각 매장과 회사의 사정이 있으므로 일일이 언급하기에 무리가 있다.

'카페 뎀셀브즈'는 두 가지 별명을 가지고 있다. 하나는 '종로의 터줏대감'이다. 하루가 멀다 하고 새로운 카페와 브랜드가 생겨나고 또한 절반이 훌쩍 넘는 카페들이 폐업 신고를 하는 국내 커피 시장의 현실 속에서, 이 별명은 2002년 개업한 이래 14년 동안 한자리를 지키고 있는 카페 뎀셀브즈의 가치를 대변해주는 단어다.

또 다른 별명은 '바리스타의 사관학교'다. 카페 뎀셀브즈는 개업 초기에, 카페 성공의 핵심은 사람이라는 점을 간파하고 끊임없는 투자와 체계적인 지원으로 양질의 인적 자원을 길러냈다. 카페 통로에 진열되어 있는 많은 상패가 이를 증명한다. 이 두 가지 가치가 모여 카페 뎀셀브즈의 명성을 만들었다 해도 과언이 아니다. 한 가지 성공의 이유를 덧붙이자면 끊임없는 변화다. 개업 다음 해에 바로 베이커리 코너를 마련했으며 각종 커피 행사는 물론, 참외 스무디 등 파격적인 시즌 음료로 '종로는 구시가지'라는 고루한 이미지를 탈피하기 위해 끊임없는 시도를 해왔다. 고품질의 커피를 제공하면서 동시에 다양한 재미를 선사하는 투트랙 전략이 통한 것이다. 김세윤 대표를 중심으로 똘똘 뭉친 스텝들의 열정이 오늘도 쉬지 않고 역사와 전통을 만들고 있다.

허영만의
커피한잔
할까요? 5

초판 1쇄 발행 2016년 6월 28일 **초판 14쇄 발행** 2023년 8월 25일

지은이 허영만 **글** 이호준
펴낸이 이승현

편집1 본부장 한수미
와이즈 팀장 장보라
디자인 조은덕

펴낸곳 ㈜위즈덤하우스 **출판등록** 2000년 5월 23일 제13-1071호
주소 서울특별시 마포구 양화로 19 합정오피스빌딩 17층
전화 02) 2179-5600 **홈페이지** www.wisdomhouse.co.krr

ISBN 978-89-5913-026-9 [04810]
       978-89-5913-917-0 (세트)